지리산 인생길의
여덟 번째 사색

글·사진
구영회

강 건너에는

나남
nanam

강 건너에는

2025년 1월 5일 초판 발행
2025년 1월 5일 초판 1쇄

글 · 사진   구영회
발행자   趙相浩
발행처   ㈜나남
주소   10881 경기도 파주시 회동길 193
전화   (031) 955-4601 (代)
FAX   (031) 955-4555
등록   제1-71호(1979.5.12)
홈페이지   http://www.nanam.net
전자우편   post@nanam.net

ISBN   978-89-300-4174-4
           978-89-300-8655-4 (세트)

지리산 인생길의
여덟 번째 사색

글·사진
구영회

강 건너에는

나남
nanam

머리글

비울수록 드러나다

생각은 구르다가 길을 잃었다. 감정은 흐르면서 툭하면 높낮이가 가팔랐다. 내 마음은 잃어버린 길과 감정의 기복 두 갈래 자체를 벗어나 군더더기 없이 담백한 뭔가에 목말라했다. 마음은 제3의 출구를 찾아 두리번거렸다.

군더더기들을 닥치는 대로 버렸다. 막힌 곳은 내버려 두었고, 감정이 춤추는 일에는 관심의 스위치를 꺼 버렸다. 나는 개별화된 나를 계속 지워 나갔다. 그러자 내 안에서 갈증을 느끼는 그 무엇이 여전히 남아 있다는 걸 알아차리게 되었다.

남은 이것은 해체되지 않았다. 이것은 씨름하여 무릎 꿇리는 대상이 아니었다. 내 안에서 단박에 나를 물끄러미 바라보는 의식이었다. 오로지 그것 하나만 분명했다.

이 의식은 없었다가 새로이 생겨난 것이라기보다는 이미 오래전부터 내 안에 살고 있는, 이전에는 내가 눈치채지 못한 연속성을 특징으로 가진 듯했다. 끊김이나 공백이 아니라 나의 삶 전체를 관통하는 존재였다.

내가 어릴 적부터 지금까지 함께했던 평생 동행자라고 짐작했다. 마치 영화관의 스크린을 닮은 것 같았다. 무슨 영화가 상영되든지 상관하지 않고 시종일관 그 자리를 지키는 스크린 같았다. 내 인생의 근본적 배경이라는 느낌이 들었다.

그것은 내가 가진 언어로 또는 사전적 언어로 표현하기란 불가능하고 그 너머에 있었다. 나에게 허용된 것은 기껏해야 언저리를 더듬는 비유뿐이었다. 지도책을 제아무리 샅샅이 뒤져 보았자 표식이 붙어 있지 않은 산속 어느 지점을 설명하기란 불가능하다. 지도책을 봤다고 아직 도착한 것은 아니다. 도착은 직접 한 걸음씩 발길을 옮긴 사람만이 가닿는 일이다.

우여곡절 끝에 건져 낸 것은 삶의 뼈대였다. 생로병사生老病死라는 기본 틀이었다. 그 누구도 이 얼개를 우회하여 비켜 갈 수 없으며 어이없게도 공유는 불가능하다는 걸 알게 되었다. 사는 일, 병드는 일, 죽는 일을 다른 사람과 함께 나누어 겪을 수는 없었다. 저 혼자 알아서 살다가 저 혼자 병들거나 저 혼자 사고를 당하거나 저 혼자 죽었다.

연민이나 안타까움은 함께하지 못하는 사람들의 몫이었다. 생명의 공통성인 동시에 생명의 철저한 개별성을 포착하게 되었다. 꽃피워 보지도 못하고 너무 일찍 죽는 사람도 있고, 가족과 친구 모두 떠난 뒤까지 실컷 살았어도 결국 죽었다.

아직 죽어 보지 못한 나에게 죽음은 목격일 뿐이었다. 떠난 사람을 묻은 뒤에는 그를 죽음의 세계에 놓아 둔 채 발길을 돌려야 했다. 나의 아버지와 어머니, 일곱 남매 중 네 사람을 그러니까 일가족 여섯 사람을 그렇게 떠나보냈다. 지난 연말에는 장모님도 그렇게 혼자 떠나셨다. 몸뚱이는 마침내 버려진다는 걸 익히게 되었다. 목격이 되풀이될 때마다 나의 눈길은 자꾸 하늘 쪽으로 방향을 틀었다.

질문이 따라붙었다. 몸은 살아 있는 동안 언제나 대지 위를 다니다가 죽으면 대지에 뒤섞였다. 그렇다면 몸을 도구처럼 부리며 살았던 영혼은 어찌되는 것일까? 영혼도 죽음과 더불어 끝장나 버리는 것인지, 저 하늘 별이 되는 것인지, 사실은 온 적도 간 적도 없게 되는 것인지, 이 물음 하나가 남아 있었다.

나는 이 글을 써 내려가는 이 순간에도 그 물음 앞에 놓여 있다. 글을 읽는 당신도 마찬가지일 것이다.

4월 초 늦봄, '지훈상芝薰賞' 행사가 있던 날, 나남출판 조상호 회장이 온 힘을 다해 가꾼 포천 땅 산속 숲 나남수목원을 방문했다. 그곳에 자기 육신이 묻힐 자리를 일찌감치 마련해 둔 조 회장은 그럴싸하게 살아온 인생들이 나란히 이웃하게 될 수목장 묘역을 일행에게 안내했다.

그는 하객으로 참석한 이 시대 최고 문장가 김훈 선생에게 농반진반의 권유를 건넸다. '영면永眠 심사위원장'을 맡으면 어떻겠느냐고. 내가 끼어들어 한마디 보탰다. 오늘 함께한 사람들에게는 심사 가점을 주는 거냐고. 죽지도 않은 사람이 위원장이 되어 죽지도 않은 사람들을 미리 심사하는 게 타당하냐고.

그날 숲은 온통 연두 빛깔로 뒤덮여 있었다. 모조리 초록동색이었으나, 잎사귀마다 가지마다 개별적 모습으로 생명을 뿜어내고 있었다. 나는 아직 살아 있으므로 어쩔 수 없이 산에서 내려왔다.

우리는 인연 따라 흐른다. 인연은 나의 거울이다. 인연은 나를 새삼스럽게 일깨운다. 인연들에게 감사드린다.

2024년 12월
지리산자락에서
구영회

차 례

1부

큰 거울 지리산

추스르다

오늘 아침 벌어진 일은 간밤에 그 씨앗이 뿌려진 것이었다.

보성강 마지막 물줄기가 섬진강에 흘러드는 '압록캠핑장'으로 향했다. 그곳에서 혼자 장박長泊 캠핑을 하고 있는 내 친구가 깊은 밤중에 불쑥 전화를 걸어 방금 잠든 나를 깨웠다. 그의 목소리에서 술기운이 느껴졌다. 목소리는 들떠 있었다.

"어이, 친구! 자는 거여? 내가 지금 바로 옆 텐트의 젊은 가족들과 술 한잔 하는데 자네 이야기를 했거든. 전화 바꿔 줄게!"

나는 어쩔 수 없이 40대 낯선 캠퍼와 비대면 인사를 나누었다. 그의 아내도 나와 통화하고 싶다고 했다. 그녀의 목소리는 약간 떨리는 듯했다.

"선생님, 지금 아주 감동했어요! 옆 텐트 친구분이 저희 가족한테 먼저 인사를 건네서 이런저런 인생이야기를 잘 듣고 있는데요. 옆에서 들으니 주무시는 선생님을 깨웠는데, 선생님이 짜증내는 기색 없이 친구 전화에 아무렇지도 않게 응대하시는 걸 보니 정말 사이좋다는 느낌이 들었어요."

나의 목소리는 그 가족에게 스피커폰으로 노출되어 있었던 모양이었다.

간밤에 이렇게 얼굴도 모른 채 인사를 나누었던 그 부부에게 왠지 나의 책을 건네주면 좋겠다는 생각이 들어 캠핑장으로 향했다.

친구는 아직 자고 있었다. 옆 텐트에는 중년 여성이 혼자 강을 바라보고 있었다. 간밤에 들어 기억한 이름을 댔더니 오빠는 아직 자고 있다고 했다. 누이동생이었다. 초등학생으로 보이는 귀엽게 생긴 여자아이가 캠핑카 바깥에서 들리는 인기척에 내복 차림으로 나오더니 내 앞 의자에 앉았다.

잠시 후 작은 텐트에서 피곤이 덜 가신 부스스한 얼굴로 중년 사나이가 나왔다. 간밤에 통화한 그 사람이었다. 그는 아침부터 난데없이 찾아온 나의 방문에 어리둥절한 기색이었다.

그와 나는 뒤늦게 대면하여 악수를 나누었다. 새벽 3시 무렵까지 내 친구와 주거니 받거니 하다가 늦게 잠자리에 들었다고 했다.

나는 일가족 세 사람을 마주했다. 중년 사나이와 그의 여동생 그리고 초등학교 3학년이라는 딸아이였다. 나는 찾아온 까닭을 설명했다. 그냥 나의 책을 선물하고 싶어 왔다고 말했다. 뜬금없이 벌어진 이 모든 일이 인연인 모양이라고 덧붙였다. 모든 세상사를 관통하는 인연이란 참으로 신통하게 이리저리 작용하는 게 분명한데 매번 그 연유는 나도 알지 못하겠다고 보탰다.

한 권이면 될 줄 알았던 책을 두 권 건네게 되었다. 오빠는 순천에, 여동생은 광주에 산다고 하여 책을 두 남매에게 따로 건네주었다.

아빠와 고모 사이에 끼어 앉아 알 듯 모를 듯한 대화를 듣고 있던 여자아이는, 아빠에게 건네진 책을 가로채어 이리저리 펼치며 살폈다. 궁금한 모양이었다.

나로서는 볼일을 마친 셈이었다. 친구를 깨우지 않고 '압록'을 벗어났다. 조금 전 '압록'을 향해 길을 달릴 때, 내가 사는 면 소재지 작은 다리 위를 50대로 보이는 반바지 차림의 남자가 혼자 걷고 있었다. 중학교 입구 찻길에서는 까치 한 마리가 겁도 없이 길바닥에 내려와 깡총거리며 먹거리를 찾고 있었다.

나에게 새로 주어진 새 아침의 몇 가지 모습이었다.

더 이상 할 일이 없어진 나는 산자락 구들방으로 돌아왔다. 책상 앞에 앉았다. 노트북을 켰다. 지난겨울 몇 장 써 두었던 글을 다시 읽어 보았다. 글답지 않다는 생각이 들었다. 삭제 버튼을 사정없이 눌렀다.

오른손 검지로 삭제 버튼을 힘주어 꾹 누른 채 빠른 속도로 부르르 떨고 있는 '커서 cursor'의 움직임을 물끄러미 지켜보았다. 내가 생성했던 수많은 글자들이 줄지어 어디론가 사라지는 것을 보니 마음이 왠지 신나고 통쾌했다.

커서는 알 수 없는 문턱이었다.

나에게 선택되었으나 생기를 발휘하지 못하는 글자들이 순식간에 처형되어 사라지는, 글자들의 단두대 같았다.

또는 솜씨 없는 인간의 글 감옥에 억울하게 갇혀 있다가 운 좋게 해방되는 글자들의 탈출구 같기도 했다.

글자들의 윤회를 바라보는 것 같았다.

출력해 놓았던 종이 원고들은 마당 소각로에 내다버렸다. 통째로 비워 버리는 일은 오래전부터 신나고 가벼워지는 느낌을 주었다. 그것이 무엇이든 간에.

모조리 비워진 공간을 새로 채워나가는 일은 설렌다.

지난 가을과 겨울은 나의 장모님이 내내 주인공이었다.

집안 어른들 중에 마지막으로 남아 계시던 장모님은, 가을이 한창이던 추석 하루 전날 자정을 넘긴 한밤중에 심장질환이 마침내 발병하여 인근 대학병원 응급실에 실려 갔다. 이후 중환자실과 집중관찰실을 번갈아 가며 몇 달간 투병하다가 평생 가톨릭 신자답게 크리스마스 나흘 전에 소천召天하셨다.

임종 직전 장모님의 유언은 어느 노인들과 달리 유난스럽고 대담했다.

"내가 죽거든 화장해서 뼛가루를 먼저 간 그이가 묻힌 곳에 뿌려 주게. 그이처럼 무덤 없이 … ."

"수목장처럼 나무 밑에 묻으라는 말씀인가요?"

"아니, 수목장 말고 그냥 뿌리면 돼!"

"그러면 세찬 겨울바람에 금방 흩어져 버릴 텐데요."

"바로 그거야! 바람에 흩어지는 거 … ."

장모님은 덤덤한 말투로 이 유언을 남겼다. 장모님 얼굴에 엷은 미소가 스쳤다.

남은 우리 자식들은 말씀대로 유해를 처리했다. 각자 한 움큼씩 손에 담아 흙 위에 옮겨 놓았다.

며칠 뒤 아내와 처남이 그곳을 다시 찾아갔더니 벌써 흩어져 아무것도 보이지 않더라고 전했다.

나는 개인적으로 훗날 자식들이 찾아올 것을 고려하여 표식이 될 만한 어느 나무 밑 수목장을 염두에 두었는데, 장모님은 그것조차 뛰어넘었다.

장모님의 마지막 모습은 세상을 떠나는 방식을 고민하던 나에게 깊은 인상을 남겼다.

미국 교포로 살고 있는 친구가 몇 년 만에 서둘러 잠시 입국했다. 누이동생이 갑자기 세상을 떠났다고 했다. 누이는 선교 활동을 열심히 했는데 갑자기 쓰러져 삶을 마감했으며 과로사 같다고 전했다. 그녀 나이 67살이었다.

친구가 장례를 치른 직후 출국 직전 서울에서 만났다. 내가 친구에게 말했다.

"네가 멀리 다른 나라에 있으니 초상이라도 생겨야 겨우 잠깐 얼굴을 보는구나. 앞으로 남은 세월 동안 과연 몇 번쯤 만날까?"

친구와 나는 초상 치른 것과 별개로, 그날 밤늦게까지 술 한잔 마시며 서로가 기억하는 추억창고를 뒤졌다. 무척 오랜만에 노래도 불렀다.

작별할 때 친구가 말했다. 2년쯤 뒤에 그동안 해온 일을 끝마치면 함께 캠핑카를 빌려 미국 여행을 가자고 했다. 단언할 수 없는 훗날 이야기에 나는 즉답하지 않고 고개만 끄덕였다.

그러고 보니 나의 첫 글이 캠핑카로 시작해 캠핑카로 끝맺는다. 인생길은 한바탕 여행이라더니. 노자가 남긴 말이 떠오른다.

"훌륭한 여행자는 고정된 계획이 없다. 그는 도착지에 매달리지 않는다."

구들방 창밖에서 꽃을 먼저 떠나보낸 매화나무 가지와 잎새들이 바람에 흔들린다.

나는 아직 살아서 나를 추스른다.

덜어내다

사람들과의 관계가 일상을 옭아매거나 잠식하는 일이 없도록 조금 더 유념하기로 했다.

특별한 계기가 있는 것은 아니었다. 그냥 내가 가는 길이 다른 것들 때문에 무거워지는 게 싫어서였다. 가족은 제외하고. 가족은 하늘이 맺어 준 인연이니까.

살아오면서 또래들과 관계는 대체로 원만한 편이었다. 하지만 관계가 오래되었다는 이유만으로 관계를 습관적으로 유지하는 것은 왠지 바람직하지 않다는 생각이 들었다. 습관적으로 만나서 수박 겉핥는 얘기를 하는 일에 시간을 허비하는 것이 아까웠다.

은둔이나 잠적, 거리두기보다는 조용히 물러서기, 가만히 비켜 가기라고 하는 게 더 적절하지 싶다. 나의 시간과 공간을 더 확보하고 싶었다. 다른 사람과 미리 약속을 잡는 일은 불가피한 경우를 빼고는 웬만하면 삼간 지 꽤 오래되었지만, 더 조절할 필요성을 느꼈다.

이렇게 하더라도 나의 사는 모습을 잘 이해하고 언제라도 진심과 친절로 대하는 고마운 소수의 사람들은 달라짐 없이 내 곁에 있다는 사실이 다행스럽다.

가족 다음으로 아니 가족 못지않게 진심의 동심원 안에 들어와 있는 마음 투명한 사람들 사이에 놓이는 것은, 삭막하지 않고 따스한 온기와 촉촉함이 느껴진다. 내 마음을 푸근하게 누그러뜨리면서 미더움을 선사한다.

이유가 어찌되었든 도무지 속내를 알 수 없는 포커페이스같이 무표정한 사람이나 소통의 접점을 찾기 어려운 사람은 내 마음속 오솔길에 심어 두지 않는 편이 낫다.

괜찮은 사람이 풍기는 향기는 메이크업이나 향수 냄새와는 느낌이 다르다. 그 차이는 금방 느껴진다.

몸이 지닌 다섯 가지 감각 중에서 나는 후각을 잃은 지 오래되어 자주 즐기는 커피 향을 맡지 못하는 게 아쉽다. 하지만 신기하게 사람이 풍기는 냄새는 아직 맡을 수 있다.

코가 아닌 마음도 냄새를 맡는다.

길상吉祥하다

길상사吉祥寺는 그 자리에 여전했다. 다시 찾아온 나의 상황만 달라져 있을 뿐이었다.

지난 가을과 겨울 나는 길상사에 거의 날마다 드나들었다. 두 계절 동안 길상사는 나에게 여러 가지로 의미 깊은 장소였다.

장모님이 생애 마지막 넉 달간 심하게 병든 몸을 맡겨야 했던 대학병원에서 자동차로 이동하면 불과 10여 분 거리에 있는 이 절은, 간병에 온통 치중해야 했던 외동딸인 집사람의 긴급한 연락이나 심부름에 대비하는 기동성 빠른 대기 장소였다.

그리고 날마다 긴장의 연속이던 장모님의 병환에 걱정이 앞섰던 나에게, 마음을 차분히 가라앉혀 준 안식처이자 간절한 기도처였다. 무료 주차장이 있다는 점도 장점이었다.

늘 깔끔하게 청소하는 정결한 해우소解憂所도 기분을 나아지게 만들었다. 그 화장실 스피커에서는 잔잔하고 듣기 좋은 관세음

보살 다섯 글자 노래가 하루 종일 흘러나왔다.

나는 갑작스러운 장모님의 입원 소식에 지리산 생활을 일단 접어 둔 채 서울에 올라온 이후로 이 절과 성북동 일대에서 대부분의 시간을 보냈다.

인연이란 정말 묘하고 신기하다.

길상사를 세운 분은 글과 수행으로 세상에 널리 알려진, 2010년 세상을 떠난 법정스님이다. 법정스님의 유골은 순천 불일암과 서울 성북동 길상사 두 곳에 나누어 모셔져 있다. 불일암은 평소 내가 종종 찾아가는 선암사와 송광사 높은 산고개 근처에 있는, 법정스님이 손수 지은 암자다.

그러니까 법정스님은 살아 계실 때 스스로 세운 절과 암자 두 군데에 세상 떠난 뒤에도 여전하게 동시에 머물고 계시다.

장모님의 별세와 뒷정리가 마무리된 이후 며칠 전 상경길에 오랜만에 길상사가 그리워 찾아갔다.

간병 기간 내내 길상사 주변 조용한 동네를 시끄러운 공사 작업 소음으로 시달리게 했던 절 입구 건너편 건물은, 언제 그랬냐는 듯 말끔한 미술관 카페로 변신해 있었다.

절을 들어설 때, 나의 내면과 기억은 장모님의 생전과 사후, 두 가지로 분별되기도 하고, 하나로 통합되기도 했다.

일주문 왼편 주련柱聯에는 읽을 때마다 내 머릿속과 마음속을 정화하는 글귀가 여전했다.

"이 문을 들어설 때 알음알이를 내려놓으라!"

길상사를 다시 찾아갔던 그날은 공교롭게도 2차 세계대전의 주범이자 유대인 수백만 명을 학살했던 아돌프 히틀러 Adolf Hitler 가 권총자살한 날이었다.

히틀러가 세계를 향해 뿌린 과거의 씨앗은 그 종자의 악한 기운이 그대로 담겨서 오늘날 잔혹한 현재가 되었다. 가자지구에서 팔레스타인과 이스라엘 사람들이 서로 죽이고 죽는 비극이 멈출 날을 알 수가 없다.

이렇듯 과거는 현재를 낳았다. 현재 속에는 언제나 과거가 담겨 있다. 현재를 잘 들여다보면 과거가 보이고, 과거를 잘 들여다보면 현재의 맥락이 드러난다. 여기에는 인과因果와 응보應報 법칙이 엄연하다.

나의 경우도 마찬가지다. 장모님의 별세라는 과거가 길상사를 다시 찾는 현재로 연결되었다.

지나온 과거가 길상吉祥하면 현재 또한 길상하다.

초록빛 잎사귀에는 이미 초록이 들어 있었다.

옆의 사진은 구례 화엄사의 300년 넘는 홍매화다.

산책하다

산에서 책을 보니 산책^{山冊}이었다.

산길을 걸으며 마음을 풀어놓으니 산책^{散策}이었다.

두 단어의 의미는 달라도 취하는 발음이 같은 점은 흥미롭다. 실제로 내가 지내는 구례 읍내에는 '지리산 책방'이라는 뜻으로 작명한 산책^{山冊}도서관이 있다.

볼일이 있어 서울에 갔다가 잠시 틈이 났으나 괜한 사람 불러 내어 번거로움을 만들기는 싫었다. 그냥 지리산에서처럼 혼자 만의 시간을 갖고 싶었다.

읽던 책을 챙겨 아내가 귀띔해 준 관악산 기슭 어느 숲에 갔다. 아직 오전이었지만 쨍한 햇살이 산자락을 골고루 따스하게 어루만지고 있었다.

나무 그늘 사이사이로 하늘이 내리꽂은 '볕뉘'(비스듬히 그러나 곧게 내리뻗는 햇살)는 참 신비하고 아름다웠다.

아담과 이브는 에덴동산에서 알몸에 볕뉘를 걸치고 다녔을까.

평생 숲의 싱그러운 맛을 온몸과 온 마음으로 실컷 느끼며 살아온 나에게는 처음 가 본 그 숲 역시 신선한 기운을 아낌없이 주었다. 등잔 밑이 어둡다더니 진작 알아 두었으면 자주 찾아왔을 법한, 평일에는 사람들의 발길이 뜸한 고즈넉한 곳이었다.

하지만 날벌레들의 천국이라 방해받지 않도록 자동차 안에서 책을 읽기로 했다. 지리산에서도 종종 그렇게 하고 있으니까. 앞 유리창 너머로 햇살 머금은 풍경이 보이는 곳에 주차해 놓고 책 읽는 재미는 여지없이 쏠쏠하다.

이 숲에서 독서는 길지 않게 마칠 참이었다. 천천히 또박또박 글 한 토막만 읽기로 했다. 책 한 권에서 딱 한 줄만 잘 건져도 충분히 본전을 뽑는 셈이다. 숲에 찾아온 사람답게 숲과 대화를 더 하고 싶었다. 결국 그렇게 했다.

온통 연둣빛으로 뒤덮인 숲에서 붉고 투명하고 앙증맞은 잎사귀를 뽐내는 단풍나무 한 그루가 도드라지게 나의 눈길을 유혹했다. 키 작은 내가 키 작은 단풍나무 밑에서 넋을 잃고 우두커니 서 있는 모습을 누가 보았다면 스머프 같았을까.

나처럼 굳이 혼자가 아니더라도 그늘진 벤치에서 큰 소리로 깔깔 웃으며 즐겁게 이야기를 나누는 두 청년의 모습도 보기에 좋았다.

싱그러운 숲속에 놓인 싱그러운 두 젊은이를 바라보는 순간, 나의 젊은 날이 불쑥 떠올랐다.

젊은 시절 나는 산과 숲을 주말마다 틈틈이 찾아갔지만, 언제나 혼자였다. 그때부터 왜 그렇게 된 것일까. 지금도 그 까닭은 잘 모르겠다.

그로부터 수십 년이 지나 일흔 살을 넘긴 지금도 툭하면 숲에 혼자 놓여 있다. 숲에 혼자 놓여도 여태 궂은일이라곤 없었던 데다가 나의 내면 성분에 아직도 숲의 비중이 상당하다.

숲은 나였고 나는 숲이었음을 편안하고 다행한 모습으로 감사하게 받아들인다.

사람에 따라 숲은 나의 경우처럼 인생길이 될 수도 있다.

TV에 자주 등장하는 자연인들을 보면서 많은 사람이 대리만족과 힐링을 얻는 까닭은 무엇일까.

그 해답은 숲속 오솔길에 있다.

오월에 장작불을 피우다

늦봄 또는 초여름 기색이 짙은 5월에 구들방 아궁이 앞에 쪼그려 앉아 장작불을 피우는 나의 모습이 당신에게 낯설지 모르겠다.

나에게는 오래된 일이다. 14년째다. 그새 5월은 열네 번 찾아왔다. 나는 열네 번째 5월 장작불을 지피고 있다.

이유는 분명하다. 5월에도 지리산 자락은 밤에는 쌀쌀하고 심지어 추울 때도 있다. 더구나 내 거처는 낡은 한옥이다. 더운 여름에는 시원함이 장점이지만, 한여름을 빼고는 겨울과 봄 그리고 가을, 세 철에 걸쳐 장작을 땐다.

한여름에도 비가 내리면 장작불이 필요하다. 구들방의 습기와 눅눅함을 제거하지 않으면 몸뚱이에 냉기가 스며들어 건강에 좋을 리가 없기 때문이다.

그 반대의 장점도 있다. 거의 1년 내내 등이 따숩다. 끼니를 걱정해야 하는 가난뱅이만 아니라면 거의 언제나 등 따숩고 배부르다. 음식을 먹어 배부른 게 아니고 마음의 배가 부르다.

전깃불을 끈 캄캄한 구들방에 누워 아직 잠들지 않았거나 잠에서 막 깨었을 때, 등을 통해 온몸에 퍼지는 따스한 온기는 머릿속 잡념까지도 일단 부드럽게 누그러뜨리는 효과가 크다.

달콤한 안온함에 젖기도 하지만, 정신을 냉기에 빼앗기지 않고 일념 집중하는 데 보탬이 된다. 마음도 몸처럼 경직을 벗어나 이완이 필요하기 때문이다.

아궁이 앞은 훌륭한 명상처다. 장작불이 타오를 때면 아주 산만한 사람이 아니면 정갈한 집중상태를 어렵지 않게 만들 수 있다.

태초에 인간에게 불을 전해 준 프로메테우스의 이름은, '먼저 보는 사람, 먼저 생각하는 사람'이라는 뜻이라고 전해진다.

태초의 그 불이 서기 2024년 5월 지리산 자락 아궁이에서 되살아나고, 태초의 그 바라봄과 생각이 나에게 이어져 전해진다. 이렇게 곰곰 되짚으면, 나는 시간과 공간에 구애받지 않는 존재가 아닐까 하는 질문 앞에 놓이곤 한다.

오늘밤처럼 온종일 비가 내리는 어둠 속에서 그리고 노트북 앞에서 귀에 들리는 소리는 단출하게 두 가지밖에 없다. 하나는 빗소리, 또 하나는 키보드 자판 두드리는 소리뿐이다.

소리는 더듬어 들어가면 종적을 감춘다. 생각이 구르다가 끝내 길을 잃듯이.

장작불은 5월에도 침묵의 안내자다.

개별성을 마주하다

온종일 빗소리가 들렸다. 밤이 깊어지자 고요함 속에 빗소리는 더 크게 들렸다.

한순간, 줄기차게 내리는 비가 지겹다는 생각이 들었다. 내일 날이 밝은 이후에도 계속 비가 내린다면 집 바깥 활동이 제약을 받게 될 것이라는 부정적인 지레짐작이 덤으로 보태졌다.

비에는 애당초 지겨움 같은 것은 추호도 없다. 비는 아무런 잘못도 하지 않고 그냥 먹구름의 다음 순서로 쏟아질 뿐이다.

이 상황에서 나의 마음속에 일어난 지겨움이, 즉 나의 개별적인 지겨움이 탓할 게 없는 비에 덧씌워졌다. 비는 내가 지겨워지라고 뿌려진 게 아니었다.

비는 수없는 물방울이고 그저 비일 뿐이다.

그런 비에 내 마음속 개별적인 지겨움을 입히자, 비는 있는 그대로가 아닌, 지겨운 비로 바뀌어 순식간에 부정적 영역으로 넘어갔다.

괜한 비를 내가 개별적인 생각으로 덧칠하고 있다는 걸 깨치도록 도움을 준 것은 '알아차림'이었다.

알아차리자, 비는 다행히 얼른 비의 제자리로 돌아갔다. 그리고 내 마음도 순식간에 지겨움을 벗어났다. 나는 지겨움이 맨 처음 시작되기 전의 별일 없는 그 자리로 되돌아가 있었다.

나는 원래의 담백한 제자리를 되찾았다.

개별성이 하는 짓은 늘 이런 식이다. 개별성은 당신과 내가 지닌 독자적 특별함이지만, 개별성을 놓아 버릴 때 개별성은 사라지고 당신과 나의 공통성이 드러난다.

개별성은 존재의 공통성이 드러날 수 있도록, 우리가 세상에 태어나는 순간부터 하늘이 입력한 보조 장치다. 개별성이 없다면 당신과 나는 공통성을 자각할 수 없다.

어부는 개별적 직업으로 물고기를 잡다가, 바다라는 공통적 환경에 관해 알게 된다. 바다를 바라보는 일이 하늘을 쳐다보는 일과 연결돼 있다는 것을 깨닫게 된다.

그리하여 어부는 마침내 바다 철학자가 된다.

당신과 나의 개별성은 삶에 눈뜨는 실마리다.

삶의 본질은 공통성이다. 우리들 삶의 모습이 제각각 달라 보이는 것은 내면의식 전면에 개별적 시각을 앞세우기 때문이다. 한 꺼풀 벗기면 '있는 그대로'의 세상이 모습을 드러낸다. 빗소리와 새소리가 소란함 없이 포착되기 시작한다.

개별적인 나를 지울수록 삶의 정체가 점차 드러난다.

천차만별로 다양한 우리들 각자의 세상살이 고단함이 우리 모두를 여행지나 휴식처 한자리에 똑같은 자리에 모이게 한다.

몸과 마음의 평안함을 구하는 사람들 사이에 남녀노소의 아무런 차이가 없는 것은 그 확실한 인증샷이다.

느슨하다

서로 아는 사람끼리 교류하는 모습은 두 가지로 나뉜다. 가족은 좋든 싫든 하늘이 내려 준 인연이니까 가족은 제외하고 이야기해 보기로 하자.

나를 중심에 놓고 볼 때, 가족을 빼고 내가 아는 사람들은 모두 세상을 살다가 인연 따라 만나서 알게 된 사람들이다.

상대방이 나를 대할 때 내가 느끼기에 진심으로 아끼고 챙기는 사람, 다시 말해 나에게 마음을 내어 베푸는 사람들이 있다. 그 나머지는 진심까지는 느껴지지 않고 나를 그냥 스쳐가듯 대하는 사람들이다. 이 사람들의 평소 마음속에는 내가 없다.

다시 말해, 내가 아는 사람들은 평소 마음속에 나를 심어 두고 나를 떠올리고 나의 안부에 관심을 기울이는 사람과, 내가 어찌 되든 별로 관심 없는 사람, 두 부류로 나누어진다.

인지상정이니 나도 상대방에게 평소 마음을 내거나 아니면 마음이 가지 않는다. 여기서, 당신과 나의 마음이 가지 않는 사람들은 빼기로 하자.

이야기의 초점을 마음 가는 사람들에게 맞추어 보자. 나의 이야기의 핵심은 마음 가는 사람들을 내가 어떻게 대하는 게 바람직한가 하는 문제다.

나는 당신에게 '느슨한 관계'를 권유하고 싶다.

느슨하다는 것! 거기에는 둘 사이에 부딪치지 않는 '완충'이 윤활유처럼 부드럽게 흐른다. 차갑지 않고 따스한 공기가 쿠션처럼 작동한다.

가야금 줄이 너무 팽팽하면 언젠가 끊어지기 십상이다. 줄이 너무 늘어져 있으면 제대로 소리가 나지 않는다. 팽팽하지도 늘어지지도 않은 상태, 그것이 느슨함이다.

나의 경험에 비추어 느슨함은 물이 넘쳐 쏟아지는 지나침이 없어 좋다. 지나치지 않은 약간의 여유 공간을 두면 오래간다. 나에게 훈훈함과 위안을 주는 사람들은 내가 살아가는 동안 두고두고 마음을 오랫동안 주고받을수록 좋을 것 아닌가.

느슨한 관계란 내가 상대방을 바라보고 대할 때, 그 사람이 자신의 물꼬를 따라 흘러가고 있는 걸 조바심 없이 느긋하게 미소 지으며 응원한다는 뜻이다.

지나치게 밀착하여 서로 얽혀들거나 방해하는 일을 만들지 않는 것, 이것이 느슨함이다.

이 느슨함은 인간관계뿐만 아니라, 인생길을 걸어가는 일에도 많은 보탬을 준다.

곱게 피어난 야생화를 발견했을 때, 지극한 마음이 되어 그 고움을 가만히 맛보는 게 굳이 꽃을 꺾어다 병에 담는 것보다 낫지 않을까.

마음을 내고 쓰되 집착으로 넘어가지 않는다면, 그런 자세는 당신을 사는 내내 잘 돕게 될 것이다.

오늘도 세상과 사람들을 '느슨하게' 만나 보자.

일구다

"와아! 저렇게나 앙증맞고 보기 좋은 텃밭을 만들다니!"

내가 일군 텃밭이 아니라 후배 부부의 텃밭인데도 내 일처럼 기분이 좋았다. 그들 부부가 나에게 자랑할 만했다. 내가 대뜸 감탄하자 부부도 뿌듯한 표정으로 웃음 지었다.

부부가 운영하는 레스토랑 나무 데크 바로 아래 개울 옆에 비탈지고 잡초 우거진 아주 조그마한 땅뙤기가 멋진 텃밭으로 바뀌어 있었다.

놀라운 일은 가로세로 약 2m 될까 말까 한 그 텃밭에 심은 채소 종류가 무려 12가지나 된다는 사실이었다. 오이, 토마토, 상추, 깻잎, 가지, 꽈리고추, 청양고추, 호박, 참외, 딸기, 방아, 바질이 심어져 있었다. 토마토는 어느새 귀엽고 탱글탱글한 초록빛 아기 열매를 매달고 있었다.

재치 있고 기발하다고 여겨진 점은 텃밭에 물을 주는 방법이었다. 텃밭에 굳이 내려가지 않아도 나무 데크 구석에 둔 호스를 이용해 저 아래 텃밭을 향해 물을 뿌리면 공중에 포물선을 그리며 텃밭에 잘 살포된다는 설명이었다.

텃밭의 사이즈, 야채의 다양한 종류, 그리고 물 주는 방법이 삼위일체로 기막혔다. 모처럼 그 레스토랑에 혼밥 챙겨 먹으러 갔다가 목격한 일이었다.

돌아오는 길에, 빗물로 불어난 황토색 섬진강물이 굽이굽이 흐르는 광경이 내려다보이는 쉼터에 잠시 차를 멈추고 생각에 잠겼다. 방금 만났던 그 부부는 쓸모없던 땅을 저렇게 잘 일구었는데 나는 무엇을 일구고 사는 것인지 나 자신에게 물었다.

'내 마음속에도 분명히 마음의 텃밭이 있지 않을까? 나는 내 마음의 텃밭을 일구어 무엇을 심고 자라게 해야 하는 것일까?'

'마음은 닦는 게 아니라 쓰는 것'이라는 법정스님의 가르침이 떠오른다. 마음을 일구려는 자체가 부질없는 짓이라는 생각도 든다.

후배의 텃밭은 대답을 찾을 수 없는 질문이 되어 내 앞에 던져졌다. 오늘도 나는 질문 앞에 놓였다.

'나는 애당초 질문인가? 아니면 답인가?'

위로가 불가능하다

그 부음訃音을 전해 듣는 순간 나는 말을 잃었다.

불행한 일도 많은 세상이지만 그 지인이 평생 가장 큰 고통을 처절하게 겪고 있을 것 같다는 생각이 들자, 이런 순간 이런 비극에는 위로를 건네는 일 자체를 그만두는 게 오히려 낫겠다 싶었다.

'위로가 전혀 위로가 될 수 없는 일도 있구나' 여겨졌다. '아무리 안타까워도 그를 건드리지 않고 그냥 내버려 두는 게 그나마 돕는 일이겠구나' 하는 생각도 들었다.

치매가 찾아온 아내를 챙기느라 아무런 연고도 없는 바닷가 시골로 이사까지 하며 괴롭고 우울한 나날을 지내는 상황에, 엎친 데 덮친 격으로 멀리 도시에서 따로 독립해 살고 있던 미혼 총각 아들이 버스에 치여 갑자기 세상을 마감한 사고가 벌어진 것이었다.

나는 둘째 치고, 나의 아버지도 아내와 딸과 아들을 잇달아 먼저 저세상으로 떠나보내는 흔치 않은 불행을 겪었다. 지인에게 벌어진 애통한 사연 또한 못지않게 보기 드문 경우였다.

평소 나는 운명이나 팔자를 별로 믿지 않고 거부감을 갖는 편이었다. 그러나 이번 지인의 불행함을 두고서는 운명과 팔자라는 게 정말 있는 것일까 반신반의半信半疑하게 되었다.

어느 집이나 가족을 잃는 슬픔은 겪게 마련이다. 하지만 유독 심해 보이는 주변의 불행을 막막한 심정으로 지켜봐야 하는 처지에 놓이고 보니, 이해나 처신 그리고 설명이 도무지 불가능한 일도 있다는 걸 새삼 깨우치게 되었다.

불행이란 누구나 겪는다는 점에서 보편성을 가졌지만, 불행은 겪는 그 사람만의 현실이란 점에서 매우 개별적인 것이기도 하다. 결국 불행도 양면성을 띠고 있다.

세월이 흐르면 잊히는 불행도 있지만, 죽을 때까지 잊지 못할 불행도 분명히 있다. 그 점에서 어떤 불행은 인생길 끝까지 짊어지고 가야 하는, 떨쳐 버릴 수 없는 동행하는 그림자다.

그림자는 지울 수 없다. 어쩔 수 없는 일이다.

결말은 하늘이 정하다

인간은 바라는 것을 이루기 위해 궁리하고 실행 계획을 짠다. 당신의 이해와 나의 설명을 돕기 위해 인간의 계획을 '플랜 A'라고 하자. 그러나 플랜 A가 최종적으로 실제로 이루어지든 아니면 불발되든 결말은 언제나 하늘이 낸다. 하늘의 결말을 '플랜 B'라 부르기로 한다.

플랜 A와 플랜 B는 같을 수도 있고 다를 수도 있다. 보통 다른 경우가 많다. 사람마다 제각각인 소원과 소망과 기도가 모조리 이루어진다면 지구가 멸망하고 말 것이라는 우스갯소리가 있다.

러시아 푸틴의 소원과 우크라이나 젤렌스키의 소원이 동시에 이루어진다면 둘 다 망하는 일이 벌어질 것이다. 팔레스타인의 기도와 이스라엘의 기도가 동시에 이루어진다면 두 나라에서 살아남을 사람은 한 명도 없을 것이다.

인간이 꾀하는 모든 일은 그것이 좋은 일이든 나쁜 짓이든 맨

끝에 실제로 펼쳐지는 모습과 내용은 항상 플랜 B가 쥐고 있다.

이런 현상은 우연이 아니라 필연이다. 인간이 바라는 모든 소원과 기도는 그대로 이루어지지 않을 확률이 높기에, 기도를 하고 소원을 비는 것이다.

모든 인간의 소원과 기도가 다 이루어진다면, 인간은 더 이상 기도하거나 소원을 빌 필요가 없을 것이다. 하늘 입장에서도 재미가 없을 것이다.

인간의 기도와 소원이 백발백중한다면 세상의 모든 교회와 성당과 사찰과 사원은 사라져야 할 것이다. 천지신명天地神明이라는 표현이 생겨난 이유를 되새겨 보면 고개가 끄덕여질 것이다. "비나이다, 비나이다"라는 말은 왜 생겼을까.

오랜 옛날부터 인간의 플랜 A는 좀처럼 이루어지지 않았기에, 항상 플랜 B가 작동했기에, 다음과 같은 네 글자 표현, 즉 사자성어가 전해져 내려온다.

모사재인謀事在人 성사재천成事在天!

섬진강 변 풍경이 기막힌 곳에 캠핑 자리를 잡은 친구가 처음에 이렇게 말했다. 앞으로 여름이 끝날 때까지 몇 달간 머무를 작정이라고. 친구는 하늘이 겨우 사흘 뿌린 비에 강물이 불어나는 바람에 쫓기듯 캠핑장에서 철수했다. 그가 실제로 머문 기간은 보름 남짓이었다.

그가 계획했던 것은 플랜 A였고, 캠핑 철수는 플랜 B였다.

여기에 하나 더 보탠다. 만약 당신의 플랜 A가 맞아떨어지더라도 우쭐하는 자만심을 갖지 않는 게 좋을 것이다. 플랜 A와 플랜 B가 일치한 것도 하늘의 플랜 B이니까.

건강하게 오래 살고 싶은가? 결국 플랜 B가 작동한다.

나의 아버지는 6·25 전쟁 때 무려 아홉 차례나 총상을 입었지만, 천지신명이 보우하사 여든네 살까지 살다 가셨다.

작은 것들이 인생을 채우다

지금 시각 아침 9시 45분이다. 아까 이른 아침 6시에 잠에서 깨어났다. 지금까지 3시간 45분의 시간을 보냈다. 이 시간 동안 내가 한 행동들과 일들을 빠짐없이 짚어 보았다.

일어나자마자 책상 앞에 앉았다. 간밤에 쓴 글을 찬찬히 읽었다. 그런대로 받아 줄 만했다. 새 글을 또 한 토막 써 내려갔다. 새 글 쓰는 일을 마쳤다.

시장기가 느껴졌다. 고구마 두 조각, 토마토 한 개, 우유 한 잔, 작은 손가락만 한 소시지 3개 그리고 열무김치를 챙겨 먹었다.

참! 그 직전에 단골 길고양이가 마당에 나타났다. 내 거처에 드나드는 여러 마리 중에 약삭빠르지 않고 순한 녀석이었다. 다른 녀석들이 오기 전에 잘 먹으라고 특별히 사료가 아닌 육포 세 개를 먹기 편하게 잘라 주었다.

밤중에 마당 끄트머리에 있는 재래식 화장실을 다니는 게 불편하여 방 안에 둔 요강을 마당 수돗가에 비우고 씻었다.

수돗가 낮은 담장 너머로 저 멀리 산 능선 근처 하늘이 모처럼 활짝 개어 하얀 구름 흘러가는 걸 바라보니 기분이 좋아졌다. 그 산 아래 나를 가끔 서울로 데려다주는 고속도로 교각도 보였다.

부엌에서 설거지를 했다. 구들방에 돌아와 다리가 나처럼 짧은 조그만 의자에 앉아 잠시 한숨을 돌렸다. 담배 한 개비를 피우니 맛이 좋았다.

아아! 아까 글 쓸 때 커피도 몇 모금 마셨다.

잔잔한 음악이라도 들으려고 라디오를 켰다. 전파에 예민한 구식 라디오라서 잡음이 뒤섞여 음질이 고르지 못했다. 음악도 신통치 않았다. 라디오를 껐다.

이번엔 TV를 켰다. 저마다 애절한 사연을 가진 가족들이 출연하여 노래를 불렀다. 잠시 보다가 TV를 껐다.

그러는 사이 몇몇 지인이 각자의 방식대로 메신저를 통해 아침 인사를 보냈다. 나는 내 방식으로 글자 없는 풍경 사진으로 답했다.

날마다 교신하는 두 딸이 어버이날에 맞추어 특별히 사랑 표현을 평소보다 조금 더 진하고 길게 담은 편지를 메신저로 보냈다. 나도 평소와는 약간 다르게 답장했다.

한때 자식이었던 내가 이제 어버이가 되었구나, 잠시 추억에 잠겼다. 떠나신 어른들과 형제들을 떠올렸다. 세월 따라 계속 처지를 갈아입으며 사는 것이구나 생각했다.

종이 쓰레기통과 음식 쓰레기통을 마당에 나가 비웠다. 종이 부스러기는 소각로에 넣고, 음식 쓰레기는 마당 한구석 흙더미에 쏟은 뒤 모아 둔 아궁이 잿더미를 한 삽 퍼서 그 위에 덮었다.

방으로 돌아오다가 처마 밑에 널어 둔 빨래들을 만져 보았다. 아직 눅눅했다. 모처럼 햇살이 비추니 잘 마르리라는 기대감이 생겼다.

돌아가신 장모님이 생전에 외사위를 위해 들어 두셨던 1년에 한 번 지급되는 작은 용돈을 감사하는 마음으로 받는 시점이 마침 닥쳐서 보험회사 콜센터에 전화를 걸었다.

사실 전화는 어제도 걸었다. 그러나 디지털 기기에 워낙 숙맥이다 보니 본인 인증 과정에서 임시로 주어지는 인증번호를 들여다보는 방법 자체를 몰라 헤매다가 결국 실패했다. 어제 저녁 후배 집에서 만났던 아는 젊은이에게 통화 중 인증번호를 찾는 방법을 배운 터라 오늘 다시 시도한 것이다.

콜센터 직원은 나의 우여곡절 설명을 듣고 웃더니 친절하고 여유 있게 응대했다. 마침내 나는 인증 절차 완료에 성공했고, 곧바로 내 핸드폰에 지급 알림이 떴다. 그리고 콜센터 직원이 보낸 상냥한 안내 문자가 들어왔다. 다 잘되었다. 집사람에게 전화를 걸고 성공을 알려 칭찬도 받았다.

'나의 이 성공은 앞에 쓴 글에서 말한 플랜 B가 작동한 것이리라! 하늘이시여, 장모님이시여, 감사합니다!'

느긋한 마음이 되어 세수했다. 씻고 나니 또 좋았다. 핸드폰에서 명상음악을 틀었다. 클래식보다 훨씬 마음을 가라앉혀 주었다. 마음이 담백해졌다.

여기까지가 오늘 아침 3시간 45분 동안 내가 한 것들이다. 줄세워 보니 상당히 많은 소소한 일들로 꽉 채워져 있었다.

오늘밤 다시 잠자리에 들 때까지 더 많은 작은 것들이 이어질 것이다. 이것이 나의 하루가 되고, 나의 이틀이 되고, 나의 한 주가 되고 ….

인생길은 작은 것들을 차곡차곡 싣고 건너는 디테일의 강이다. 개념만 습득하고 실질을 쌓지 않는 삶은 진정한 인생이라 할 수 없다. 당신의 인생도 그러하다.

오늘은 멀리 산 너머에 가서 친한 후배 몇 사람과 저녁을 함께 하기로 한 날이다. 성삼재 굽이굽이 고갯길로 넘어갈 참이다. 또 많은 디테일이 벌어질 것이다.

오늘도 나는 플랜 A다. 플랜 B가 잘 협조해 주길!

뱀사골이 들썩이다

한밤중에 뱀사골이 발칵 뒤집혔다. 가게와 식당들이 다닥다닥 붙어 있는 상가에서 불이 났다. 낡은 건물에서 누전으로 화재가 발생한 것이었다.

주말 자정을 넘겨 모두가 깊은 잠에 곯아떨어져 있을 시간이었다. 1시 반쯤이었다.

불이 처음 난 곳은 아흔 넘은 할머니와 아들이 사는 가겟집이었다. 가게들은 주로 1층에 영업장이 있고 2층에 주민들이 기거하는 살림방이나 민박 치는 방들이 있는 구조로 돼 있었다.

모두가 고단한 잠에 빠져 있는 시간에 불은 이미 걷잡을 수 없게 번졌다. 집집마다 같은 전선으로 연결된 천장을 타고 옆집 또 그다음 집으로 옮겨붙었다.

자다가 매캐한 연기에 숨이 막혀 콜록거리며 잠에서 깬 화재 진원지 그 집 아들은 이미 불길에 휩싸인 상황에서 본능적으로 화급히 뛰쳐나와 겨우 목숨을 건졌다. 하지만 94세 늙은 어머니는 빠져나오지 못하고 끝내 목숨을 잃고 말았다.

뱀사골 상가에 불이 났지만 개울 건너편이 지리산이었다. 오밤중에 화재 신고를 받은 소방대원들은 초긴장 속에 부리나케 달려와 서둘러 불길을 잡았다. 소방차는 남원과 함양에서 여러 대가 모여들었다.

산채식당 아주머니는 '펑! 쿵!' 터지는 가스통 폭발음과 무너지는 소리를 잠결에 듣고는 누가 식당 문을 쾅쾅 두드리는 줄 알고 1층으로 내려왔다가 벌어진 난리판을 목격하게 되었다.

잠옷 바람으로 얼떨결에 그 무거운 가스통을 끌고 나와 길 건너편에 가까스로 내놓았다. 나중에 불이 꺼진 뒤에 다시 가게 안에 들여놓으려고 있는 힘을 써 보았으나 꿈쩍도 하지 않더라고 했다. 위급한 상황이 놀라운 괴력을 발휘하게 만든 것이었다.

아주머니 집은 다행히 큰 피해를 입지 않았지만, 자다가 들이마신 화재 연기로 인해 병원 신세를 졌다. 화재가 수습된 지 나흘이 지났는데도 여전히 콜록거렸다.

본인은 아직도 숨 쉬는 게 고통스럽지만, 보험회사에서는 대수롭지 않게 여길 것이 벌써부터 화가 나고 짜증스러운 듯했다. 한창 손님들을 맞이하는 관광철에 며칠 동안 영업하지 못해서

손해가 이만저만이 아니라고 했다.

멀리 임실에서 직장생활을 하는 큰아들이 휴가를 내어 급히 달려와서 어수선해진 어머니를 진정시키며 도왔다. 나는 그 아들이 꼬마였을 때부터 알고 지내온 터라 심성 착하고 효성 지극하다는 걸 잘 알고 있었다.

평소처럼 안부를 묻다가 난리 통 소식을 듣게 된 나는 그길로 성삼재를 넘어 달려가 위로를 보탰다. 빈손으로 가기가 뭐해서 면역에 좋다는 신상품 산딸기를 챙겨 가서 건넸다.

그날 저녁 아주머니의 문자 메시지가 왔다. 일부러 찾아와 주어 감사하다는 내용이었다. 잘 지내기를 바란다고 답했다. 30년 가까운 세월 동안 언제나 변함없이 친절한 분이었다.

가끔 뱀사골을 지날 때 손님을 치르느라 가게가 바빠 보이면 들르지 않고 나 혼자 빙긋이 미소 지으며 지나쳤다. 한가해 보이면 들러서 살아가는 이야기를 나누었다.

지리산의 이런 인연들이 나는 좋았다. 나의 세월을 의미 있게 채워 준 사람들이다.

이번 화재로 안타깝게 세상을 떠난 그 할머니의 마지막 모습은 가슴이 미어지도록 짠하다. 일제강점기가 시작될 무렵 태어나서 온갖 풍상 다 겪고 그래도 큰 탈 없이 장수하시던 분이었다.

사람이 태어나는 일도 죽는 일도 그리고 마감하는 마지막 모습도 오직 하늘이 정한다. 우리는 그 과정에 대해 아는 게 전혀 없다.

서양 사람들 이름 중에 성경에도 나오는 이름 하나가 있다. '임마누엘!' 하늘이, 신神이 항상 함께 있다는 뜻이다.

머리 위에 하늘을 두지 않은 사람은 지구상에 단 한 사람도 없다. 나는 불자佛子다. 지리산을 닮아서인지 종교에 대한 인식은 자유롭다.

이 글을 마치려는 순간, 군포에서 학원 운전기사 노릇을 하는 죽마고우가 메시지를 보냈다. 확인해 보니 사진 한 장도 있었다.

승합차 뒷좌석에 귀여운 꼬마들이 재잘거리며 앉아 있고, 친구 녀석은 운전석에 마스크를 쓰고 앉아 있는 모습이다. 사진 밑에 친구의 오늘 소식이 적혀 있다. 오늘은 재수가 좋아서 반월호수 쪽으로 견학 가는 중이라고.

나는 양손 엄지 척 이모티콘을 친구에게 띄웠다. 그리고 외마디를 덧붙였다.

"임마누엘!"

새끼 지네를 놓아 주다

지인이 챙겨 준 음식 절반을 덜어 보관하려고 빈 통들을 뒤적이다가 깜짝 놀랐다.

깨끗이 씻어 둔 플라스틱 빈 통에 기다란 작은 물체가 눈에 띄었다. 통을 집어 가만히 들여다보니 자그마한 지네가 꿈틀거렸다. 약 3cm 길이의 새끼 지네였다.

그놈은 음식이 전혀 들어 있지 않은 빈 통에서 멀쩡하게 살아 있었다. 그놈이 거기에 왜 어떻게 들어가 있는지는 영문을 알 수 없었다.

지네가 든 그 통을 환하게 해가 비치는 구들방 앞 평상으로 가져가 자세히 들여다보았다. 미끌미끌하고 자기 몸통 길이보다 높은, 뚜껑을 닫아 둔 이 통에 도대체 어떻게 들어갔을까?

닫힌 통 뚜껑 밑에 가느다란 틈새가 보이기는 했다. 그래도 그렇지 신통하게 통에 들어가 있었다. 다 자란 지네는 놀랍도록 큼지막해서 징그럽고 무서운데, 이놈은 자그마해서 귀여운 느낌이 들었다.

한순간 고민했다. 죽은 지네는 말려 약으로 쓰지만 살아 있는 지네는 사람에게 해충이다. 더구나 나는 과거에 방 안에서 지네에게 물린 적까지 있었다. 다행히 붓거나 아픈 뒤탈은 없었지만 말이다.

나는 살충제가 들어 있는 스프레이 깡통을 집어 들었다. 지네가 더 크게 자라기 전에 아예 싹을 없애는 게 좋겠다는 생각이 들어서였다.

이제 나의 손가락 끝에 힘을 주어 분사 꼭지를 누르기만 하면 끝날 일이었다. 그런데 마음속에서 그 반대의 생각이 불쑥 일어나 물었다.

'이놈도 나처럼 엄연한 생명체이고 살아 보겠다고 이렇게 몸짓을 하는데, 내가 그 목숨을 끊겠다고 벼르는 게 옳은 일인가?'

때마침 부처님 오신 날도 다가오는데, 살생하지 말라는 가르침을 군이 정면으로 위배한다면 죄를 하나 더 추가할 것 같다는 생각이 들었다.

어린 지네 한 마리를 놓고 짧은 순간에 내 마음이 둘로 갈라져 갈등했다. 그러다가 살려 주기로 마음을 바꿨다. 마당 화단 풀숲으로 가서 통을 열고 지네를 놓아 주었다. 통은 왠지 꺼림칙하여 쓰레기 분리수거 봉투에 내버렸다.

'지네는 어찌어찌하다가 부엌 빈 통에까지 들어오게 된 것과 마찬가지로 또 저 나름대로 어찌어찌 알아서 살아가겠지.'

이렇게 생각하니 나도 갈등하던 마음에서 풀려났다.

산골에서 살다 보니 벌레 만나는 일은 밥 먹는 일처럼 일상의 자연스러운 부분으로 끼어들었다. 본격적인 여름이 다가오면 벌레들이 더욱 극성을 부릴 것이다.

하지만 모기는 잡아야겠다. 나의 비좁은 구들방 안에 모기가 나타나면 그 작은 놈 한 마리가 벌이는 짓은 장난이 아닐 테니까. 특히 부엌 쪽에 얼씬거리는 벌레는 모기 아니어도 무조건 때려잡을 참이다. 나도 먹고살아야 하니까.

옛날에 큰스님 살아 계실 적에 들었던 흥미로운 이야기가 떠오른다. 스님들이 참선하는 선방에서 모기를 잡는 살생 행위를 두고 스님들끼리 논란이 자주 있었다고 했다.

그때 큰스님은 나에게 이렇게 말씀했던 기억이 난다.

"나는 모기를 잡아요! 한두 마리도 아니고 안 잡으면 수행에 집중할 수 없어요."

모기와 살생과 수행! 아주 오래된 문제다.

먹이사슬을 만들어 놓은 것은 하늘 아닌가.

사촌형 별세를 까맣게 모르다

"아아! 그 형님이 돌아가시다니!"

물어보니 올해 여든한 살이라고 했다. 그 양반은 나의 큰고모의 아들로 고종사촌 형님이었다. 며칠 전에 장례까지 마쳤다고 했다.

나는 별세 사실을 전혀 모르고 있었다. 아무도 나에게 전해 준 사람이 없었다. 뒤늦게 다른 사촌동생이 안부 전화를 하면서 전해 준 소식이었다.

"어어? 형님은 전혀 몰랐어요? 그 집안 식구 중 누가 형님한테 알려 준 줄 알았어요. 저는 광주에 가서 문상했습니다."

집안 사촌 간에 경조사도 서로 챙기지 못한 민망한 이야기를 이렇게 글에 담은 이유는, 요즘엔 이런 일이 다른 집안에서도 비일비재하게 목격되리라고 짐작되기 때문이다.

대가족의 끈끈한 화목함이 사라졌다는 점을 탄식하자는 뜻은 아니다. 나의 뜻은 다른 데에 있다. 우리의 후손과 후대에 관한 진지한 고민을 이 글을 읽는 당신과 나누기 위해서다.

부음을 전한 사촌동생은 통화 중에 이런 이야기도 전했다.

"돌아가신 그 형님의 유해를 고향 구례에 모시자고 형수님이 자식들한테 당부했는데, 자식들이 극구 반대하는 바람에 어쩔 수 없이 광주에 모셨대요. 그래서 형수님이 지금 기분이 안 좋은 가 봐요. 광주에서 구례까지는 한 시간 거리인데 …. 거참!"

이 대화 내용은 우리 모두가 참고할 만한 매우 중요한 고민거리를 던진다. 떠난 사람의 유해를 모시는 장소를 결정할 때, 죽은 사람이 생전에 원했던 곳으로 모실 것인가? 아니면 자식들의 판단이 더 중요한가? 바로 이 문제다.

흙에 눕는 사람이 죽음의 당사자이고 주인공인 점은 분명한데, 나중에 산소를 찾아가 성묘할 사람은 후손이기에 빚어지는 고민인 것이다.

죽은 조상의 소망과 남은 후손의 판단이 일치하지 않고 충돌한다면, 당신은 어느 쪽 손을 들어 줄 것인가? 죽은 자는 산 자를 꾸짖거나 나무랄 수도 없다.

죽은 자는 죽음의 처리를 산 자에게 맡기는 수밖에 없다. 모든 죽음의 처리가 그렇다. 죽음의 처리를 산 자가 좌지우지하는 것은 대단한 아이러니다.

인간이 아닌 다른 동물들은 대부분 죽을 때 자기 죽을 곳을 찾아가 죽으면 그만이다. 사람은 전혀 다르다. 죽는 곳 따로, 눕는 곳 따로다. 사람은 다른 동물에 비해 확실히 번거롭다.

윤회를 마음대로 선택할 수 있다면, 동물이 되는 것도 고려해 볼 만하다. 농담이지만 진담이기도 하다.

나의 사촌동생의 말에서 짚이는 게 또 하나 있다. 자신의 고향이 시골이라면, 그리고 그 시골에 나중에 잘 묻히고 싶다면, 평소 반드시 할 일이 있다.

자녀를 두었을 경우, 자신의 자녀들을 수시로 고향에 데려가는 게 바람직하다는 말이다. 자녀들에게 그들의 '뿌리'를 잘 보여 주고 그들 나름으로 느끼는 게 있도록 자연스럽게 '심어 주는' 일이 필요하다는 뜻이다.

자녀가 고향이나 뿌리에 대해 아무런 체험이 없다면 그것은 부모의 문제다. 더구나 요즘 후손들은 매우 현실적이고 쿨한 사고방식을 갖고 있다. 나이 든 노인들처럼 그저 어른 말씀이라면 꾸벅 따르는 그런 세대가 아니다.

고백하자면 나도 나의 죽음 처리와 관련하여 내가 아직 정정하게 살아있을 때 미리 자식들과 상의해서 매듭지어 놓는 게 바람직하다고 생각한다. 사실 나는 개인적으로 지리산 언저리에 산소 같은 것은 염두에 두지 않는다. 장모님처럼 뼛가루를 뿌려

주면 천 개의 소나무와 한 마리의 백로와 다람쥐와 까치와 솔개
가 되어 사라지고 싶다.

　하지만 서울 사는 자식들에게는 먼 거리다. 그래서 강하게 주
장할 수도 없다. 자식들이 번거롭지 않게 불편하지 않게 자식들
이 적당하다고 판단하는 거리에, 나의 흔적을 더듬을 수 있는
상징적인 자리를 마련하는 게 나을 듯하다.

　이도저도 고민하기 싫다면, 그냥 사는 대로 살다가 어느 날
숨만 잘 거두어지길 바란다.

　구들방 바깥 5월의 푸른 잎사귀들이 5월 바람에 살랑거린다.

무대에서 내려오다

후배 P는 명망名望 있는 정치인이다. 그는 한때 거대 야당의 간판 얼굴 역할도 했다. 며칠 전 그가 나에게 전화했다.

"형님, 잘 다녀왔습니다. 엊그제 들어왔는데, 아이고! 마무리하느라 정신이 없네요. 처리할 일이 한두 가지가 아니에요. 정리되고 나면 뵙겠습니다."

"그러세. 정리 잘하시게."

그는 지난 총선 과정에서 지역구를 놓고 당내 경선을 벌였으나 주류가 아닌 처지로 애만 쓰다가 끝내 후보가 되지 못했다.

그때 나는 후배의 모습을 아쉬운 마음으로 지켜보다가, 앞으로 정치를 떠나지 않는 한 그가 보내야 할 세월이 참으로 막막하겠다고 짐작했다. 국회의원을 하다가 계속 신분 유지를 못하고 좌절하면, 그때부터는 괜히 몸만 분주한 낭인浪人으로 주변을 맴도는 모습은 불 보듯 뻔하기 때문이었다.

나와 동갑내기인 다른 유명 정치인은 오래 낭인생활을 하다가 이번에 힘겹게 당선되어 늘그막에 마지막으로 분주해졌다. 한 사람은 화려한 무대에서 내려오고, 다른 한 사람은 옛날처럼 주연급은 아니지만 일단 다시 무대에 서고.

나는 과거 방송사 현역 시절에 여러 대^代에 걸쳐 국회를 출입하면서 수많은 정치인의 흥망성쇠를 가까이서 지켜보았다. 그렇기에 후배의 모습은 무척 안타깝게 느껴졌다.

내가 뉴스앵커 시절 정치인들의 등장과 퇴장을 보면서 이렇게 한마디로 표현하여 화제가 된 적이 있었다.

"화려한 등장과 쓸쓸한 퇴장은 종이 한 장 차이다!"

어느 대통령의 퇴임을 지켜보며 했던 앵커 멘트였다. 오래전에 했던 이 표현은 유감스럽게도 여전히 유효하다.

시작되는 일은 반드시 끝나는 일이 된다는 것은 인생길의 엄연한 법칙이다.

그래서 시작할 때 멀리 그 끝을 잘 내다보며 언제라도 무겁지 않게 떠날 준비 태세를 갖추며 사는 게 현명하다는 생각은 지금도 변함이 없다.

조만간 이 후배를 만나면 소주 한잔을 나누게 될 것이다. 그의 나이도 나와 불과 몇 살 차이이니 정치 얘기 말고도 인생 애기도 자연스럽게 곁들여질 것이다. 자리가 무르익으면 서로의 몸과 마음에 술기운이 돌 것이다. 선후배 간에 정다운 교감이 오갈 것이다.

그러고 나면 후배는 약간 처진 뒷모습을 보이며 걸어갈 것이다. 그의 뒷모습을 그 자신은 보지 못할 것이다. 나는 다시 지리 산으로 향할 것이다.

조만간 그를 만나면 사실 나는 별로 할 말이 없다. 할 말은 없는데 말을 해야 하는 그런 자리도 인생길에는 있다.

"다 그런 거지, 뭐 그런 거야"라는 유행가 가사가 떠오른다. 인생길은 다 그렇다. 언제나 그렇다. 인생길에서 뼈대를 일찍 골라낼수록 흘러가는 배가 크게 요동치지 않을 것이다.

권토중래 捲土重來! 와신상담 臥薪嘗膽! 절치부심 切齒腐心!

다 허울 좋은 수식어에 지나지 않는다. 인생은 다른 사람에게 보여 주는 일이 아니다. 삶의 핵심은 자기가 자기 자신을 보는 일이다.

랜턴 방향을 거꾸로 돌려 자기 자신을 비추는 일이 핵심이다.

꼭두새벽이 나를 깨우다

새벽은 마음속 약수藥水를 뜨기에 적절한 시간이다.

새벽은 고요하다.

새벽은 마음을 정돈시킨다. 새벽은 나를 거울 앞에 세운다. 새벽은 내가 나를 마주하게 만든다.

새벽은 내 앞에 열리는 하루가 새로워질 수 있도록 돕는다.

새벽은 유익하다.

새벽은 막막한 것 같아도 마음속 길을 나서기에 가장 좋은 시간이다. 새벽은 나를 어디엔가 슬며시 밀어 넣어 어디론가 데려간다.

새벽은 하늘의 색이 변화하는 것을 바라볼 수 있도록 돕는다. 새벽은 칠흑의 어둠을 거두어 엷고 푸른 빛을 퍼뜨리면서 생명이 생명답도록 생기를 불어넣는다.

새벽은 깨어남이다.

새벽은 내 귀에 산새가 지저귀는 첫소리를 들려준다. 새벽은 멀리 수km 떨어진 고속도로 위를 달리는 고독한 화물차 바퀴 구르는 소리도 포착하도록 귀가 열리게 한다.

새벽은 나의 구들방 창문 너머로 무수한 초록 잎사귀들이 미세한 바람에도 떨고 있는 광경을 보여 준다. 새벽은 전깃줄에 날아와 앉은 물까치 한 마리가 먹이를 찾아가도록 살피게 한다.

그래서 나는 꼭두새벽에 잠에서 깨어나는 날을 재수 있고 대수로운 날로 받아들인다.

꼭두새벽에 내려 마시는 커피 한 잔과 담배 한 모금에 의학이 끼어드는 것은 옳지 않다.

새벽은 내 삶에서 가장 중요한 무엇인가를 만나는 시간이다. 새벽은 나의 개별성이 펼쳐지기에 앞서, 우주가 나를 보편성의 세계에 먼저 다녀갈 수 있도록 슬며시 잡아당기는 존재의 시간이다.

나의 보편성은 스크린이고, 나의 개별성은 독립영화다.

호수를 독차지하다

아침에 마을 근처 호수에 갔다. 아직 사람이 보이지 않는 아침 호숫가에 나는 맨 처음으로 나타난 인간이었다.

호숫가에 우두커니 서 있는 나는 풍경의 완성일까, 아니면 부조화일까.

호수는 눈부시고 강렬한 윤슬(물 반짝임)이 되기 이전의 보드랍고 순한 윤슬을 튕겨 내고 있었다. 산들바람이 볼을 간지럽히며 스쳤다.

이곳에 놓일 때마다 나는 평화로워진다. 마음속에서 다툴 게 아무것도 없다. 하염없다. 아무것도 해야 할 것 없이 그냥 놓여 있을 뿐이다. 놓인다는 것은 내맡긴다는 것이다.

산보는 조금 있다 해야겠다. 지금은 그저 바라봄이 되고 싶다. 눈에 초점을 맞출 필요도 없다. 나의 모든 것이 이완되고 있다.

아침 공기가 나의 콧구멍과 조금 벌어진 입 사이로 느린 숨이 되어 천천히 몸 안에 들어갔다가 탁한 기운을 데리고 나온다. 내가 정화되고 있다.

정신이 바짝 깨기보다는 졸린다는 느낌이 든다. 꼭두새벽에 일어나 한참 동안 글을 썼기 때문일까. 잠이 모자란 것일까.

차 안에 들어가 좌석 등받이를 편하게 젖히고 눈을 감았다. 나도 모르게 깊은 잠에 빠져들었다.

약간 더운 느낌에 눈을 떴다. 시계를 보니 한 시간쯤 잔 모양이다. 아까보다 몸이 풀린 것 같다.

차를 옮겨 호수 건너편 큰 느티나무와 정자가 있는 곳으로 갔다. 서너 사람이 보였다. 산책길을 따라 연못을 보며 느리게 터벅터벅 걸었다.

수련睡蓮꽃이 봉오리를 벌리려면 아직 멀었지만, 둥둥 떠다니는 동그란 연잎들 사이에서 "꽈르륵! 꽈르륵!" 개구리 우는 소리가 들렸다.

연못 속에서 작은 물방울 몇 개가 솟았다. 물고기일까.

고추잠자리다! 새빨간 두 마리가 까불거렸다. 올해 들어 처음 만난 고추잠자리였다. 반가웠다.

아직 초여름이지만 나는 고추잠자리를 볼 때마다 가을 기색이 느껴진다. 어릴 때의 기억이 그런 느낌을 되살리는지 아니면 아무도 모르게 가을이 슬그머니 예비되고 있는지 잘 모르겠다.

연못 사이로 놓인 나무 데크 산책로를 걷다가 생명의 끈질긴 억척스러움을 발견했다. 틈새가 거의 없는 고동색 널빤지 사이를 신통하게 비집고 뾰족한 초록색 잎사귀 두 개가 솟아오른 게 눈에 띄었다.

'어라, 저 앞에도!'

대단하다는 생각이 들었다. 기어코 살아서 더 솟구치려는 결기가 느껴졌다.

이 풀잎을 누가 연약하다고 말할 수 있을까.

생명은 언제나 놀랍고 신비할 따름이다. 풀잎을 보면 쉽게 꺾이는 사람의 일이 민망하다.

읍내 가서 USB를 하나 사 들고, 조금 멀리 산동 가서 메밀국수 한 그릇 챙겨 먹었다. 그리고 아이스아메리카노 한 잔을 챙겨 들고, 다시 산자락 구들방에 돌아왔다.

어느새 하루의 3분의 2가 지났다.

생생하게 느끼다

그녀가 나를 향해 생목소리로 절절하게 노래를 불러 주고, 내 눈으로 그 모습을 직접 보며 내 귀로 직접 들을 때, 어떤 느낌일까. 서로 생생함을 주고받으며 생생하게 교감하면 그 생생함이 나를 적셔서 생생하게 살아 있음을 가득 느끼게 될까.

당일치기로 지리산에서 창원까지 왕복 320km를 달렸다. 아침 9시에 출발했는데 집에 돌아와 보니 정확히 밤 12시, 자정이었다.

돌아오는 밤길에는 세찬 비가 줄기차게 내렸다. 잠시 어디엔가 푹 빠졌던 나에게 현실의 찬물을 끼얹어서 정신 차리도록 만드는 비였을까.

산자락 구들방에 들어서자마자 씻지도 않고 곧바로 녹초가 되어 깊은 잠에 곯아떨어졌다.

15시간의 '미친 짓'이었다.

그래! 미친 짓이 맞았다. 미쳐야 미치도록 느낄 것 아닌가. 나에게 그런 미침이 필요했던 모양이다.

그건 몸부림하고는 달랐다. 몸부림은 시달리다가 지쳐서 시달림에서 벗어나고 싶어서 발버둥 치는 일이다. 오늘 내가 한 짓은 몸부림은 아니었다.

"이야 아아아 이야 아아아 … 아아 모란이 아아 동백이 … ."

가수 린은 노래를 토해 내듯 쏟아 내듯 발기발기 찢으며 불렀다. 절규였다. 부르짖음이었다.

순간 나는 그녀와 같은 상태가 되어 보려고 집중했다. 나를 텅비워서 들어오는 대로 받아들이고 싶었다. 잘 부른다기보다 있는 힘을 다해 던지는 노래의 투수 같았다. 그 노랫소리에 맞아 나는 푸른 멍이 들었다.

그녀 말고도 대단한 노래 솜씨를 뽐내는 가수 여러 명이 무대에 섰다. 하지만 나는 그녀의 노래를 처음으로 직접 들었으니 이 후끈한 현장에 내 나름대로 꽤 정성스럽게 마음과 시간을 낸 것이 보람 있었다.

요란뻑적지근하게 마무리될 공연의 맨 마지막을 더 보지 않고 몸을 수그려 공연장을 빠져나왔다.

서울에 있는 가족에게 공연 잘 보고 지리산으로 출발한다고 문자 메시지를 보내 알렸다. 티켓을 기꺼이 선물했던 딸에게 감사함을 전했다.

관객들은 대부분 동행자와 함께 와서 구경했다. 공교롭게도 나의 오른쪽에 앉은 70대 할머니도 나처럼 자식이 티켓을 사 주어 부산에서 왔다고 했다. 나의 왼쪽에 앉은 40대 젊은 여성도 말은 섞지 않았으나 혼자였다.

드물게 혼자 찾아온 세 사람이 관람석에 나란히 앉아 구경한 것이었다. 이 공교로운 조합은 오히려 기분을 편하게 해 주었다.

아침에 창원으로 향할 때 나는 국도를 선택했다. 광양과 하동과 진주를 거쳐 진주에서 고속도로에 진입하면, 긴장감 없이 편안한 시골길 정취를 느끼는 썩 괜찮은 드라이브가 된다는 걸 경험으로 알고 있었기 때문이었다.

광양 매화마을에 이르기 직전에 사실은 교통사고를 목격했다. 편도 1차선밖에 없는 좁은 길이 구부러진 지점에서, 저 앞에 트럭이 정차해 있는 것을 보고 잠깐 차선을 이탈해 피해 가려던 소형차가 맞은편에서 오던 고급 승용차와 부딪친 사고였다.

두 차의 앞부분은 심하게 찌그러져 연기가 새고 있었다. 다행히 두 차의 운전자들은 크게 다치진 않은 모양이었다. 한 사람은 핸드폰을 들고 통화하고 있었고, 다른 사람은 트렁크를 뒤지고 있었다.

방금 사고가 난 것이었다. 경찰이나 구급차는 보이지 않았다.

만약 사람이 크게 다친 것을 내가 목격했다면, 심정이 상당히 복잡해질 뻔했을 것이다. 졸지에 현장을 그냥 지나칠 수 없는 상황이 벌어졌다면 난감했을 것이다. 그나마 다행한 일이었다.

공연 보러 가는 길에 교통사고를 목격하고 나니 지금 내가 차를 몰고 160km 떨어진 공연장까지 달려가는 것이 또 하나의 '모험'이라는 생각이 들었다.

하지만 나는 삶에서 원하는 작은 것들을 실제로 이루어 보려고 모험을 자처해 왔다. 그 모험이 그다지 위험천만하지 않다면, 모험하는 것이 그냥 아무것도 하지 않고 무기력하게 안주하는 것보다 백배 더 나으리라는 생각이 심지처럼 굳은 편이다.

마음속을 새로움으로 환기하는 일은 삶을 생생하게 만들어 줄 것이다. 나는 앞으로도 스스로 받아들일 만한 괜찮은 사고뭉치가 되고 싶다.

삶에서 아무것도 하지 않고 그냥 빈둥거리는 것은 한마디로 나쁜 일 같다. 그건 비극일 것이다. 나는 희극의 주인공이 되고 싶다.

창밖에 오늘 새로 불어온 새바람이 잎사귀들을 어제와 다른 춤으로 추도록 부추긴다.

불어오는 바람은 잎사귀에게 모험이다.

2부

저녁노을을

바라보며

태어나다 피어나다

부처님 오신 날, 즉 석가탄신일을 사흘 앞두고 있다. 석가모니가 깨달음을 얻기 전 샤카부족의 '고타마 싯다르타'로 태어난 이래 2,568번째 생신이다. 그는 지금의 네팔 땅 룸비니에서 태어나 보드가야 보리수 아래서 세속 나이 30대 중반에 깨달음에 이르렀다.

그의 깨달음은 한 송이 아름다운 꽃으로 피어나 온 세상에 그 꽃씨가 퍼졌다.

얼마 전 작은 텃밭을 일군 지인이 아침에 사진 한 장을 메신저에 띄웠다. 조심스레 감싼 두 손바닥에 빨갛고 자그마한 딸기 열매 한 개가 이파리와 함께 놓여 있었다.

텃밭 딸기의 첫 탄생이 부처님 오신 날과 가까우니 '가피加被딸기'라고 내가 즉석에서 이름 지어 답했다. 앞으로 딸기 열매가 속속 열리면 야채샐러드 한 접시 얻어먹으면 좋겠다고 부추겼다.

늦은 아침식사와 점심을 함께 해결하려고 단골 식당을 찾아갔다. 곰탕 한 그릇 달라고 주문했다. 그런데 뜻밖의 횡재 같은 대답이 돌아왔다.

젊은 주인 청년과 함께 일하는 어머니가 이렇게 말했다.

"오늘이 제 아들 생일인데요, 곰탕 대신에 미역국에 가정식 백반으로 드시면 어떨까요? 사 먹지 말고 그냥 드세요!"

잠시 후 그 어머니가 정갈한 나물 반찬 여러 가지를 내오면서 잘 삶아진 돼지 수육 한 접시를 특식으로 올려놓았다.

"수육은 여기 이 깻잎무침에 싸 드시면 아주 맛있어요!"

푸짐한 공밥이었다. 나는 평소 입이 짧아서 수육은 한두 젓가락 깨작거리다가 마는 편이었는데, 입안에 넣고 씹어 보니 그 맛이 굉장해서 깜짝 놀랐다.

'으응? 진짜 맛있네!'

여태 살면서 처음으로 혼자서 수육 한 접시를 몽땅 비웠다. 모조리 다 먹는 것은 나에게는 과식이었지만, 조금 남기기도 뭐해서 깨끗이 비웠다.

깻잎 맛도 일품이었다. 나는 어릴 적부터 깻잎은 무척 즐겼다. 손맛의 달인이셨던 어머니가 나에게 평생 동안 간직할 깻잎 맛을 인상 깊게 심어 놓았다. 내 어머니의 맛과 식당 그 어머니의 맛이 만나서 생각지도 못한 맛의 세계를 경험했다.

오늘은 식사비를 치르지 않아도 되었으나, 나는 그렇게 하지 않았다. 얼른 차에 가서 봉투 하나를 꺼냈다. 5만 원 지폐 한 장을 담았다. 겉봉투에 육필로 다음과 같이 적고 하트를 그려 넣었다.

"생일 축하한다! 건강히 순항하기를⋯. 덕분에 맛있게 챙겨 먹으니 감사!"

주방으로 가서 그 어머니에게 수육 맛이 천하일품이었다고 엄지를 척 올리고는, 봉투를 내밀었다. 이따 아들에게 전해 달라고 했다. 약소하니 그냥 복돈쯤으로 받아 주길 바란다고 덧붙였다.

당뇨 환자는 식사 후에 잘 걷는 게 좋다. 나는 근처 호숫가에 갔다. 부른 배도 가라앉힐 겸 고즈넉한 산보를 즐기기 위해서였다. 연못 주변 풍경은 오늘도 평화로웠다. 나는 이곳이 언제나 좋았다. 나에게는 값진 장소였다.

순간, 연못 저 앞에서 뭔가 햇빛을 받아 번뜩였다. 다가가서 유심히 보니 초록 잎사귀 하나가 딱 한 장의 잎사귀가 물 위로 새 얼굴을 내밀고 있었다. 가슴속에서 그윽한 감동이 일어났다.

잎새의 탄생이었다.

갓 태어난 그 잎새를 내가 만난 것이다.

잎새는 조금 전 반짝이면서 자기 존재를 알린 것이다. 이름 없는 작은 생명 하나가 자기도 엄연한 존재임을 깨닫게 해 주었다.

나는 왠지 모르게 뿌듯한 마음이 되어 천천히 발걸음을 옮겼다. 그때 저 앞에 40대 중년 남녀 한 쌍이 나무 데크 위를 다정하게 손잡고 걸어갔다.

둘 다 옷차림은 소박했지만 남자의 모자 밑으로 길게 자란 말총머리가 황금색으로 반짝거리는 뒷모습이 눈길을 끌었다. 그들은 저쪽에 설치되어 있는 빨강색 하트 조형물을 향해, 사랑의 표시를 향해 걷고 있다.

되돌아오는 산책길에서 저 앞에 왜가리 한 마리가 나처럼 천천히 산책하는 게 보였다. 왜가리도 나처럼 혼자였다. 왜가리의 느릿느릿한 걸음과 나의 한가한 걸음걸이가 묘하게 닮았다는 느낌이 들었다.

운전석에 걸터앉아 몇 사람에게 메신저로 풍경편지를 띄웠다. 자전거 타기를 즐겼으나 요즘엔 바깥 공기가 좋지 않아 자전거를 좀처럼 타지 않는다는 작가 김훈 선생에게는, 호숫가에 서비스로 놓아 둔 노란색 자전거 여섯 대가 가지런히 세워져 있는 사진을 곁들여 보냈다. 글자 없는 침묵의 사진으로 …….

곧 두 젊은이에게서 답장이 날아들었다. 풍경이 멋지다고 한마디씩 짧게 응답했다. 풍경에 너희 마음도 좋았으면 되었다.

2,568년 전 히말라야 산기슭에 피어난 한 떨기 깨침의 씨앗이 2,568년 뒤에 지리산의 어느 식당과 호숫가 그리고 텃밭에 날아와 여러 모습으로 피어나고 있었다.

저녁노을을 바라보다

"뭐, 이런 노을이 ⋯ ."

평소 속내를 잘 내비치지 않던 후배가 방금 메신저로 보낸 저녁노을 풍경 사진에 반응했다.

"스승님이 살아 계신다면 좋아하셨을 풍경입니다."

아는 스님의 답장이었다.

"오오, 서울에선 절대 볼 수 없는 노을이네요."

가까운 후배가 답했다.

"아름답다!"

무뚝뚝한 선배의 한마디였다.

저녁 혼밥을 챙겨 먹고 돌아오는 길에 내가 석양을 구경하는 장소에 차를 멈추고 앉았다. 산천은 조용히 어둠에 잠겨 있었다. 저 멀리 산 너머 하늘이 주황빛으로 붉은빛으로 물들고 있었다. 섬진강은 그 빛깔을 곱게 머금어 무심히 흐르고 있었다.

강의 물살이 내는 '쏴아아' 소리는 크게 들렸다.

차에 켜 둔 라디오 음악 프로그램에서 마지막 곡으로 〈원스 어 폰 어 타임 인 더 웨스트 Once upon a time in the West〉를 조수미가 노랫 말 없이 흥얼거리며 불러 주었다.

또 하루가 거두어지고 있었다. 나는 이 시간에 이곳에서 이렇 게 놓일 때, 단 한 번도 거부감이 든 적이 없다. 이럴 때 내 마음은 늘 순해졌다. 그 자리를 뜨고 싶지 않아 한참 동안 머물렀다.

나에게는 이 시간과 이 공간이 나를 빚어내는 충전이다. 이런 시간과 이런 공간이 주어지지 않는다면 다른 것들은 별 의미가 없는 것처럼 느껴졌다.

집으로 돌아오는 길에 어느 마을 입구를 지날 때, 날벌레 한 마리가 자동차 헤드라이트를 향해 곤두박질쳤다. 아마 부딪쳐 서 짧은 생을 마감한 듯했다.

산마을 가까워지는 논을 지날 때 개구리 소리가 왁자지껄했 다. 마을 고샅길은 인적이 끊겨 텅 비어 있었다.

대문 앞에서 밤하늘을 올려다보니 초승달이 떠 있었다. 달은 밝고 뚜렷했다. 별들도 여기저기 반짝였다.

마당을 지날 때 나의 하루가 저물었다. 밤이 알아서 밤의 시간 을 빚어낼 차례였다.

나는 밤 안으로 다시 들어갔다.

장터에 가다

구례 오일장이 섰다. 가볍게 요기할 겸 장날 구경도 할 겸 읍내 장터에 갔다. 오전인데도 장터는 한산했다. 사람들이 많지 않았다. 날씨가 더워서일까. 주머니 사정이 좋지 않아서일까. 가게들과 좌판 앞은 서성거리거나 흥정하는 발길이 뜸했다.

햇수박을 챙겨 나온 늙은 아저씨는 아무도 멈춰 서지 않는 좌판 앞에 쪼그려 앉아 수박을 담아 넣는 까만 봉지만 애꿎은 표정으로 만지작거렸다.

장사가 잘되지 않아도 꽃가게는 꽃이라도 활짝 피어 보기에 덜 민망했다. 그릇 파는 아주머니는 아예 뒷전으로 물러앉아 누군가와 통화하는 일에만 열중하고 있었다.

양동이에 한가득 담긴 콩나물은 아직 한 움큼도 뽑혀 나가지 않아 꽃다발 같은 모습을 하고 있었다. 그 옆에 가지런히 쌓아올린 총각무는 깔끔한 몸통을 뽐냈지만 거들떠보는 사람은 없었다.

저 앞 대장간 아우는 할머니 한 사람을 상대하며 뭐라고 설명하고 있었다. 그래도 그 친구는 손님을 맞이한 것이다.

생선 좌판 앞에는 손님은 없고 승복을 말끔하게 차려입은 사람이 목탁을 치면서 공양을 채근하고 있었다. 좌판 주인아주머니의 표정은 왠지 머쓱해 보였다.

나는 고구마튀김과 어묵을 사서 가게 앞 테이블에 앉아 식사와 구경을 함께 하며 느릿느릿 먹었다.

건너편 김밥가게 여자는 손자를 밀차에 태우고 나온 할머니에게 아기가 예쁘다고 친절한 상술을 펴더니 김밥 몇 줄을 팔았다.

나도 내친김에 오후에 요기할 김밥 한 줄을 샀다. 고구마튀김 5,000원, 어묵 1,000원, 김밥 3,500원 등 총 9,500원을 썼다.

장터 주차장에서 과일 트럭 남자가 스피커에 대고 과일 이름을 번갈아 외쳤지만, 일찌감치 쉬어 버린 목소리만 허공에 흩어졌다.

장터를 벗어나 길 건너편에 주차해 둔 내 차로 걸어갈 때, 광고판에 여러 개 걸려 있는 현수막 중 하나가 눈에 들어왔다.

"이 시대 왜 다시 마음공부인가? 내가 만난 구도자들."

어느 신문사 종교담당 기자였던 인물이 초빙되어 구례 향교에서 오늘 저녁 강연 예정이라고 적혀 있었다. 나도 과거에 이 사람의 이름을 접했던 기억이 어슴푸레하게 가물거렸다.

내 차 근처 강변 놀이터에서 꼬마들이 재잘거리며 미끄럼틀을 오르락내리락 생기 있게 놀고 있었다. 그 위 파란 하늘에 하얀 구름 조각들이 떠가고 있었다.

능선 위 구름 뭉치 하나가 서서히 둘로 쪼개지는 게 보였다. 분화分化 중이었다. 잠깐 사이에 모양이 바뀌고 있었다.

하고 많은 구름 중에 지리산 능선 위를 떠가는 구름은 지리산 구름이라는 '개별성'을 띠고 있었다. 그러나 변하여 흩어지고 끝내 사라지는 모습은 '보편성'을 쫓고 있었다.

개별성과 보편성은 이곳 산천을 다니다 보면, 늘 목격된다. 그런 풍경이 내 안에 들어올 때마다, 나도 그런 존재임을 깨닫는다.

지리산에 있는 나, 동시에 지구 위에 그리고 하늘 아래에 있는 나, 잠시 머물다가 사라지게 될 나….

개별성은 보편성으로 들어서는 입구다. 개별성은 보편성이라는 줄기가 펼치는 파생 가지다. 둘은 결국 하나다.

내가 이곳 지리산에서 살아가는 일은 개인적이지만, 동시에 나는 여느 사람들과 다르지 않게 흘러가는 인생길을 걷고 있다.

마당에 들어서니 순한 길고양이 녀석이 혼자 꾸벅꾸벅 졸고 있다. 장터에서 내 배를 채웠으니 저 녀석에게도 먹이를 주어야겠지. 사료를 한 컵 가져다주자 녀석은 얼른 다가와 열심히 먹었다.

음력 4월 초파일이 이틀 남았다. 오후에는 아직 정하진 않았지만 어느 절에라도 다녀오는 게 좋을 것 같다.

성삼재 큰고개를 넘다

이 이야기는 각별하다. 당신에게 들려주기 위해 글을 써 내려가는 동안 나의 마음은 자못 진중하다. 이야기의 주인공은 산 너머 함양 마천에 사는 어느 아주머니다. 그녀와 나는 불교적 인연으로 *끈끈하고 강하게* 맺어져 있다.

아침 일찍 깨어 메신저를 열어 보니 아홉 글자가 떠 있었다.

"무열 아빠 가셨습니다."

무열이는 몇 년 전 세상을 뜬 큰아들이고, 무열 아빠는 그녀의 남편이다. 오늘 새벽 남편도 세상을 떠났다는 부음이었다. 남편은 나와 동갑내기였다. 뇌혈관 질환, 방광 용종, 요로 결석 등 그의 몸뚱이는 오래전부터 병치레에 시달렸다.

며칠 전 남편은 건강이 악화되어 구급차에 실려 진주의 큰 병원에 가서 수술을 받았다. 수술 후 의식이 돌아온 남편은 당장

집으로 가자고 성화를 부렸다. 그녀는 걱정되었으나, 평생 이긴 적 없는 고집에 꺾여 남편을 집으로 데려왔다.

집에 돌아온 남편은 다음 날 아침 기분이 좋아 보였다. 평소처럼 텃밭으로 나가는 걸 보고 그러려니 했다. 그런데 꽤 긴 시간이 흘렀는데도 인기척이 없었다. 이상한 예감이 들어 나가 보니 남편은 화장실에서 의식을 잃은 채 고개를 떨군 상태였다. 흔들어 깨우니 겨우 실눈을 떴지만 초점은 흐려져 있었고 말을 하지 못했다.

남편은 이틀 만에 다시 구급차에 실려 갔다. 또 한 차례 수술을 받았지만, 이튿날 새벽 2시 무렵 끝내 눈을 감았다.

나는 문자 메시지로 부음을 접하자마자 서둘러 세수하고 채비를 했다. 길을 나설 때 전화를 걸어 빈소를 물으니 남원 인월 장례식장에 모셔 왔다고 그녀가 힘 빠진 음성으로 답했다.

빈소는 몇 해 전 그녀의 큰아들이 사고로 떠났을 때 내가 문상 갔던 바로 그곳이었다. 그때 거기서 장남을 먼저 보낸 그녀의 남편을 위로하며 몇 잔 나누었는데, 이번에는 남편이자 그 아버지가 뒤따라 하직한 것이었다.

방금 차려진 빈소에는 아무도 보이지 않았다. 고인의 유족이라고는 부인과 둘째 아들 그리고 며느리 셋뿐이었다. 밤을 꼬박 새운 유가족 셋은 빈소 옆 휴식 공간에서 잠깐 눈을 붙인 것으로 짐작되었다.

나는 가족을 깨우지 않고 혼자 조용히 영정 앞에 섰다. 국화꽃 한 송이를 영정에 올렸다. 양초에 첫 불을 붙였다. 고인이 생전에 약주를 즐긴 게 생각나서 술잔을 채워 놓아 드렸다.

유족 없이 맨 첫 번째로 문상을 마친 뒤 부인에게 전화를 걸었다. 아니나 다를까. 빈소 옆 휴식 공간에서 그녀가 전화를 받는 목소리가 내 귀에 들려왔다.

잠시 후 그녀가 나왔다. 그녀는 기운이 없어 보였지만 예전과 마찬가지로 차분했다. 나에게 자초지종을 차근차근 설명했다.

"오늘 새벽 남편이 운명한 직후 멍해지면서 마치 꿈속 같았어요. 정신을 가누고 부음을 알릴 사람을 떠올렸는데 친척보다 구 선생님이 먼저 떠오르는 거예요. 다른 지인들한테는 아직 알리지 않았고 선생님한테만 알렸습니다."

나는 그녀가 일생에서 가장 큰일을 당한 순간에 가장 먼저 떠오른 사람이 되었다.

이따 저녁에 다시 오겠다 말하고 일어나 그녀의 손을 잡아 주었다. 그때 창백한 얼굴의 두 눈동자가 붉어지는 것을 보았다. 그녀는 눈물은 흘리지 않았다. 평소의 모습과 크게 다르지 않았다. 그녀는 어지간한 일에는 호들갑을 떨지 않았으며, 늘 친절하고 속 깊은 사람이었다.

2주 전쯤 그녀가 나에게 전화를 걸었다.

"선생님! 텃밭에서 올해 처음 햇아욱과 쑥갓을 거두었는데, 선생님 드리려고 조금 챙겨 놓았어요. 이따 다녀가실래요?"

나는 그 길로 성삼재 큰고개를 넘어 함양에 갔다. 길은 왕복 150km였다. 나를 보자 그녀는 채소를 담은 봉지 두 개를 내밀었다. 봉지에는 그녀의 진득한 마음도 함께 들어 있었다.

나는 돌아올 때도 다시 성삼재 큰고개를 넘었다.

지리산 백무동 계곡 초입에서 혼자 치킨 가게를 운영하는 그녀는, 돈벌이 때문에 장사하는 게 아니었다. 가게에서 함께 일했던 큰아들이 세상을 먼저 떠난 뒤, 허전한 마음을 달래는 그녀만의 공간이 바로 그 가게였다.

그녀는 사람을 대할 때 저울질 없이 대범했다. 복잡하거나 예민하지 않고 간결하게 처신했다. 스님들은 그녀를 편히 여겼다.

그녀가 인근 마을에까지 마음이 극진하기로 소문난 배경은 유별난 배달 자세 덕분이었다.

종업원도 없이 닭 튀기랴, 포장하랴, 홀서빙 하랴, 날마다 무척 분주했지만 그녀는 배달을 꺼리지 않았다. 근처 산골에 혼자 사는 노인들이 늦은 시간에 주문하더라도 싫은 기색 없이 가게를 잠시 비워 둔 채로 일일이 직접 배달해 주었다.

기막힌 일은, 도시에 따로 떨어져 사는 독거노인의 자녀들이 산골 외딴집에 사시는 홀아버지나 홀어머니가 안부 전화를 받지 않아 불안해질 때, 그녀에게 일부러 치킨 배달을 주문하여 살펴 봐 달라고 부탁하는 것이있다.

하지만 그녀는 아무런 핑계나 구실을 대지 않고 즉시 노인들 집에 다녀왔다. 도시의 자녀에게 전화를 걸어 "어르신 잘 계시다. 별일 없으시다"라고 친절하게 알려 주기까지 했다.

대한민국에 이렇게 운영하는 치킨 가게는 아마 없을 것이다.

그녀는 밤에 일을 마치고 퇴근하더라도 가게 문을 잠그는 법이 없었다. 가게 문은 닫아만 놓을 뿐 잠겨 있지 않아서 누구나 손쉽게 드나들 수 있었다. 가게에 도둑 든 적 없고 훔쳐 갈 만한 것도 별로 없다면서 그녀는 웃으며 말하곤 했다.

그녀의 불명佛名은 길하고 상서로운 길상화吉祥華다.

나는 길상화 보살의 친절 리스트에 들어가 있다. 감사한 일이다. 나는 그녀가 살아가는 모습을 종종 보면서 관세음보살 화신 같다고 생각한 적이 여러 번 있다.

그녀가 건네준 채소 봉지를 챙겨서 해 저무는 노고단 성삼재 큰고개를 넘을 때, 웅장한 산 너머 넓은 하늘 위에 단 하나의 태양이 세상을 고루 비추고 있었다.

44년이 흘러가다

서울의 봄과 부산 마산의 봄과 광주의 봄을 무참히 짓밟은 그해에 태어난 아이는 40대 중년이 되었을 것이다. 그해에 꼬마였던 아이들은 인생길 절반을 지난 50대가 되었을 것이다. 그해에 피 끓는 청년이었던 사람들은 60~70대 노년에 접어들었을 것이다.

백성을 하늘처럼 받들며 평화롭고 복된 나라를 그리던 옛 임금들과 조상들이 날마다 노심초사했던 숭고한 터전에서, 온 나라를 싸잡아 손아귀에 쥐려고 한밤중에 서로 죽이고 죽는 총질을 하고 장갑차를 앞세워 세상을 그들 앞에 무릎 꿇게 하려던 탐욕스럽고 음흉한 인간들. 그들은 권력의 꿀맛에 취해 도낏자루 썩는 줄 모르고 살다가 마침내 대부분 늙고 병들어 저세상으로 가버리고 없다.

그새 봄은 마흔네 번 지나갔다. 마흔네 번의 봄이 지나간 끝에 2024년 봄이 되더니 어느덧 여름으로 향하고 있다.

사람들이 '5·18 민주화운동'이라고 이름 지어 기억하기로 한 그날 아침이다. 지리산은 44년의 세월에도 아랑곳하지 않고 여전히 별일 없이 푸르다.

권력과 탐욕에 빠진 인간들이 소박하고 푸른 꿈을 가진 평범한 사람들을 억누르고 짓밟았지만, 돼먹지 못한 억압으로 세상을 장악하려는 시도는 산하山河를 넘보는 일처럼 어리석고 무모했다.

푸른 하늘에 대고 총질을 해본들 무엇하랴!

사람이 사람답게 살아가려는 꿈과 희망은 결코 짓밟힌다고 사라지지 않는다.

역사는 저마다의 꿈과 희망이 모여 흐르는 강물이다.

역사는 몇몇 사고뭉치들의 농단에 농락당하지 않는다.

5·18 민주화운동을 독재 군부의 폭압과 그에 맞선 저항으로만 해석한다면 시야가 좁은 것이다. 5·18은 다시 찾아온 여름과 같다. 흐르는 저 강물은 후레자식들이 퍼간다고 마르지 않는다.

다시 돌아온 그날이 밝아 오기 전 간밤에 논에서는 개구리들이 별일 없이 와글거렸다. 아침이 되자 새들이 별일 없이 깨어나 산자락 마을 사람들과 나를 깨웠다. 누런 길고양이 녀석도 별일 없이 끼니를 챙기려고 마당을 어슬렁거렸다.

세상은 버릇처럼 심각하고 산은 말없이 초록만 무성하다.

오늘 아침 하늘을 보니 햇살이 좋다.

결국 칫솔 하나면 족하다

산티아고 순례길을 걸었던 사람이 이렇게 말했다.

"600km를 넘어서니까 챙겨 갔던 물건들이 하나둘씩 필요 없는 것들이란 깨우침이 들었어요. 결국 칫솔 하나만 있으면 되겠다 싶었죠."

내가 젊은 시절 가끔 지리산 종주를 하다가 깨달은 것과 같은 말이었다.

하염없이 걷다 보면 지쳐서 나중에는 목에 걸친 수건마저 무겁게 느껴졌다. 몸뚱이 하나 끌고 가기도 무거웠다.

인심 쓰듯이 배낭에서 쌀을 꺼내 무게를 덜고, 반찬거리들도 다른 등산객들에게 주어 버렸다.

어떤 사람은 새로 장만했던 각종 등산 장비와 배낭까지 모조리 인심 쓰듯 벗어던진 채 수건 한 장 걸치고 다시는 오지 않을 것처럼 산을 내려갔다.

살아가면서, 사실은 없어도 그만인 것들, 즉 불필요한 것들을 통해 가장 필요한 것을 알게 되는 눈을 뜬다.

삶의 끄트머리에 접근해 갈수록, 훗날 마지막 숨을 거둘 때 평생 동안 가장 애지중지하던 몸뚱이마저 버리고 간다는 걸 짐작하게 된다.

마을 느티나무 밑이나 평생 살아온 자기 집 대문 앞에 아침부터 일없이 나와 앉은 노인들을 마주칠 때마다, 내 인생의 석양을 미루어 짐작한다. 저렇게 가만히 앉아 있는 것만 해도 다행이다.

날이 갈수록 이렇게 저렇게 내려놓는 일이 마침내 몸뚱이 안에 있는 나의 영혼 하나를 마주하는 일이 된다는 것을, 왜 일찌감치 감(感) 잡지 못하다가 뒤늦게 깨닫는 것일까.

멀쩡할 때의 어리석음은 시들어갈 때의 자각을 일깨우는 예고 장치다.

어리석음을 일찍 깨닫는 것은 커다란 축복이다.

태연이는 태연하다

당신과 내가 떠먹는 국물에는 구수함과 담백함, 얼큰함과 칼칼함, 시원함과 매콤함이 우러난다.

이와 마찬가지로, 사람들 마음속에서 길어 올리는 샘물마다 온도 차이가 있고 풍기는 분위기가 다른 것은 흥미롭다.

따스하고 푸근한 사람부터 차가운 사람, 저울질이 바쁜 사람, 거친 사람, 매서운 사람, 교만한 사람, 재수 없는 사람에 이르기까지 각양각색이다.

곡성 압록에서 내려오는 섬진강 물길이 큰 각도로 꺾이는 구례 남서쪽 강변에 '동해'라는 큰 이름을 가진 작은 마을이 있다. 마을 입구 찻길에 외딴 식당이 있다. 국수집이다.

대개는 아주머니들이 국수집을 하지만, 이 집은 특이하다. 남정네가 혼자서 식당을 운영한다. 60을 바라보는 사내가 직접 잔치국수를 차려 내고 서빙까지 다 한다. 빈대떡도 잘 부친다. 이 식당 국수의 문제점은 맛있다는 것이다. 이 집의 문제점은 확 트인 전망에다 바로 눈앞에 사계절 섬진강이 흐른다는 점이다.

그리고 이 이야기 주인공인 식당 주인의 문제점은 언제 보아도 서두르지 않고 늘 태연하다는 것이다. 그의 이름은 '태연'이다.

이름 때문일까? 간혹 짜증스러울 법한 상황도 그 친구 앞에서는 폭발로 발전하지 않는다. 짜증을 잘 삭이는지, 묵묵히 견디는지는 자세히 모르겠으나, 내가 오랫동안 보아온 그는 인상 찌푸리는 법이 없고 빙긋이 미소를 머금은 얼굴일 때가 많다.

주로 청소년 생태답사 안내와 환경보전운동을 끈질기게 해온 그가 몇 년 전 국수집 주인이 된 배경에는 그의 누님이 있다.

누님은 혼자 고달프게 국수집을 꾸려 오다가 심각한 병까지 얻는 바람에 식당을 접어야 할 지경에 이르렀다. 평소 누님을 애틋하고 짠하게 여기던 그는 누님을 대신해 식당일을 떠맡았다.

그 누님은 다행히 병세를 회복하여 무등산국립공원에서 임시직으로 일하고 있다. 누님은 식당에 다시 돌아올 생각은 전혀 없다고 그가 말했다. 하지만 그는 누님을 조르거나 푸념하지 않고 모든 상황을 있는 그대로 말없이 떠안은 채 지금에 이르렀다.

손님이 뜸하고 한가할 것 같은 날이면 나는 종종 그를 찾아가 얼굴도 보고 잠시 이야기도 나누며 국수 한 그릇을 챙겨 먹는다. 이 친구는 돈벌이에는 애당초 마음이 없다. 그냥 살다가 그리되었으니 그렇게 살아갈 따름이다.

그의 마음은 섬진강 물길처럼 완만한 곡선을 닮았다.

그러나 그 안에는 돼먹지 못한 것에 함부로 꺾이지 않는 절개 같은 것이 엿보인다. 그는 한때 천연기념물 수달 전망대에서 온종일 혼자 일했다. 그때도 나는 종종 그를 찾아갔다.

그는 나보다 열두 살 아래 띠동갑이다. 같은 대학 12년 후배이기도 하다. 이곳에 대학 동문들이 몇 사람 있어도 태연이만큼 친숙하지는 않다. 나는 언제나 태연한 태연이가 자랑스럽고 좋다.

오늘 국수 한 그릇 먹은 뒤 잠시 호숫가를 걷다가 마을로 들어서니 모처럼 마을잔치가 벌어져 있었다. 마을 이장이 내 차를 보자 손짓하며 합석을 권했으나 나는 웃으며 지나쳤다.

마을 사람들이 정겹게 흥겹게 노는 모습은 보기에 흐뭇했지만, 왠지 섞일 엄두는 나지 않았다. 나는 그런 자리가 거북스럽고 어색하게 느껴지는 편이다. 그러니 어쩔 수 없지 않은가.

점심 무렵에 시작된 마을잔치는 늦은 오후가 되도록 끝날 줄 모르고 무르익었다. 잔치가 벌어진 곳은 바로 내 집 맞은편이어서 나는 몇 시간째 저마다 불러대는 노랫소리를 들었다. 짜증스럽지는 않았다.

사람마다 걸어온 인생길이 책 한 권씩인데 거기에 맞대어 내가 불편한 마음을 일으키는 것은 마땅치 않다.

내가 사는 산마을도 언제나 태연하기를 ….

죽음을 불편하지 않게 들려주다

천은사泉隱寺 호수에 가서 해넘이에 반짝이는 저녁 윤슬을 바라보았다.

윤슬은 찬란하게 빛을 반사하다가 해가 능선 너머로 가라앉자 빛의 강함을 순하게 누그러뜨렸다.

산책로 저 앞에서는 템플스테이 유니폼을 걸친 부부 한 쌍이 두런두런 얘기하며 걸어오고 있었다. 위쪽 주차장 솔밭 가까이에서는 노년 부부 한 쌍이 보였다. 여자는 작은 스케치북에 그림을 그리고 있었고, 남자는 방해하지 않으며 조용히 앉아 있었다.

나는 벤치에 앉아 호수를 물끄러미 바라보았다. 호수는 고요했지만 잔잔한 물결이 일었다.

건너편 숲속 한옥은 어느 스님의 수행처인 듯 문이 닫힌 채 사람은 보이지 않았다. 두문불출杜門不出일까.

벤치에서 일어나 발걸음을 옮길 때 바로 내 옆에 놓인 의자의 등받이가 부서질 만큼 부서져 앙상하게 남은 얇은 나무판이 가운데마저 사라진 채로 들쭉날쭉 뾰족하게 마주 보고 있었다. 의자의 최후라고 할까.

돌계단을 오를 때 저 위 구름 한 점 없는 푸른 하늘에서 아랫부분이 사라진 반달이 솔가지 사이로 돋보이게 떠 있었다.

달의 절반이 나의 눈에는 보이지 않지만, 사실은 사라진 것이 아니며 온전하게 그대로 있다는 나의 인식은 한낱 정보에 지나지 않는 것일까. 아니면 '제대로 바라봄'일까. 내 안에서 그 달을 마주하는 존재가 느껴졌다.

차를 몰아 해넘이가 마지막으로 보이는 저수지로 향했다. 꽁무니에 텐트를 친 자동차와 덩치 큰 캠핑카와 일반 승용차들이 고즈넉한 저녁을 맛보고 있었다.

나는 차에서 내리지 않고 운전석에 앉아서 라디오에서 흘러나오는 바이올린 곡을 들었다.

어둠이 내릴 때 마을로 향했다. 마을 옆구리 열 개의 무덤이 있는 묘지를 지날 때, 라디오에서는 새소리와 물소리가 깔린 연주곡이 흘러나왔다. 묘지와 잘 어울렸다.

어느 호스피스(임종환자 도우미)가 이렇게 말한 게 생각났다. "죽음이란 가을과 겨울 사이에 내리는 첫눈 같아요. 첫눈이 내리다가 함박눈이 쌓이면 세상이 모두 덮이고 죽음의 세계로 떠난 사람이 자양분이 되어 다시 봄이 오잖아요. 그렇게 순환하는 것 같습니다."

죽음을 첫눈에 비유하는 그 말은 매우 인상 깊게 들렸다.

사람이 살다가 첫눈이 되고 함박눈이 되었다가 다시 봄이 된다는 표현은 죽음을 불편하지 않은 것으로 받아들이게 했다. 시각과 해석이 아름다웠다.

요즘 일본에서는 고령의 노인들이 죽음의 장소로 병원을 택하지 않는다고 한다. 자기가 살아온 일상 공간, 즉 자기 집, 자기 방에서 죽음을 맞이하는 경우가 늘고 있다고 들었다.

자기 자신의 마감하는 모양새를 스스로 선택하여 한 인간으로서 최후 자존감을 지키려는 모습은 본받을 만하다.

한밤중에 나를 마주하다

세상이 모두 잠들어 고요한 한밤중에 잠에서 깨었다.

시계를 보니 3시 반을 지나 4시를 향하고 있다.

어젯밤 10시쯤 늦지 않게 누워 잠들었으나 몸이 충분한 수면을 취하지 못해서인지 개운한 느낌은 아니고 약간 찌뿌드드했다. 어쨌든 깨어 버렸으니 다시 잠들기도 어려웠다.

잠에 쉽게 들지 못해 이리저리 한참 뒤척거리는 불면증은 없다. 대체로 곧장 잠에 빠지는 편이지만, 잠의 뒤끝에 깨어나는 시간은 규칙적이지는 않고 들쭉날쭉하다.

몸이란 몸 자체의 상태에 따라 깨어나는 시간을 미세하게 달리한다. 어떤 신기한 비밀이 숨어 있는 듯하다.

몸이 깨어나서 함께 작동할 정신을 깨우는 것도 신통하다. 몸이 정신을 깨우기도 하고 정신이 몸을 깨우기도 한다.

이럴 때 TV나 라디오를 켜서 바깥세상을 불러들여 나를 내맡기는 짓은 하지 않는다. 스스로 방해물을 끌어들일 필요는 없다.

사방이 고요할 때는 고요함의 리듬을 타는 게 맞다.

하지만 의식이 몽롱하고 어설픈 상태로 멍하게 있지는 않는다. 의식은 차분하고 또렷할수록 낫다. 깊은 명상에 들어가는 일도 좋지만, 앞으로 몇 시간 동안 그렇게 할 능력도 없고 왠지 그러고 싶지도 않았다.

조금이라도 나 자신에게 유익한 일은 작은 책상 위에 둔 책을 펼쳐서 집중하는 것이다. 속도를 내서 읽어야 할 책이 아니고 사유하면서 음식을 씹듯이 음미해야 하는 책이었다.

한 줄 한 줄 저자의 표현과 의중을 짚어 보면서 천천히 한 토막을 읽고 나서 책을 덮었다. 내용이 나의 의식 안에 잘 녹아들어 암기가 아니라 체화되기를 바라면서.

책을 읽을 때 구들방 바깥에서 반가운 소리가 들렸다. 가까운 숲에서 뻐꾸기가 뻐꾹뻐꾹 울었다. 다급하게 지저귀는 것도 아니고 슬피 우는 것도 아니고 뻐꾸기만이 내는 소리였다.

나의 다음 행위는 책상 앞에 앉아 글을 쓰는 일이었다. 글을 쓸 때 문득 어떤 생각이 일어나 그것을 하나씩 글자로 문장으로 나타내는 경우가 있다. 하지만 오늘 꼭두새벽 글쓰기는 일단 문을 열고 들어가듯이, 첫 단어와 첫 줄로 시작된 앞글이 아직 구체화되지 않은 뒷글을 새로이 잡아당기고 끌어들여서 한 울타리 안에서 비슷한 색채로 연결성을 갖도록 생산하는 일이었다.

나의 의식 속에서 열리기 시작한 글의 대문이 저 안쪽에 있는 샘터로 나를 안내하여 그곳에서 신선한 물을 길어 올리는 것이었다. 그곳은 나의 생명이 나의 정신 작용이 솟아나는 곳이었다.

이렇게 하다가 창밖을 보니 어느새 어렴풋이 아침이 찾아와 어둠에 잠겨 있던 세상의 온갖 물체들을 하나하나 골고루 섬세하게 어루만져서 차츰차츰 윤곽을 드러나게 하고 있었다.

이윽고 캄캄한 검정색이었던 나무줄기와 가지들이 갈색으로 바뀌었고 잎사귀들은 초록으로 탄생했다.

어설프게 깨어난 내가 새로 탄생한 아침에 온전하게 잘 놓여 있었다. 벽시계를 올려다보니 정각 여섯 시다. 약 두 시간이 흘러간 것이다. 이 두 시간이 나에게는 그런대로 의미 있게 지나간 것이다.

몸이 깜박 잊었다는 듯이 나의 입을 크게 벌려 하품을 시킨다. 약간 졸리지만 이부자리로 돌아가 누울 생각은 없다. 이럴 때 적절하고 기막힌 것이 있다. 드립커피를 한 잔 내려 마시는 것이다. 그 맛은 오늘 아침에도 일품일 것이다.

오늘 하루를 어떻게 보낼 것인지는 커피를 마시면서 천천히 생각해 보는 게 좋겠다.

책이 물을 염려하다

"몇 해 전 대홍수로 피해를 겪은 이후로는 비가 쏟아지는 여름철이면 며칠간 밤잠을 설치며 신경을 쓰죠. 작년 여름에는 불어난 강물이 범람 1m를 남겨 두고 아슬아슬하게 지나갔어요."

오랜만에 만난 섬진강 책사랑방 주인 김 선생은 벌써부터 비가 은근히 걱정스러운 눈치였다. '자라 보고 놀란 가슴 솥뚜껑 보고 놀란다'는 속담처럼 그 염려를 충분히 이해하고도 남았다.

걱정은 또 하나 추가되었다. 평생 무거운 책들을 다루다가 불거진 허리 디스크가 최근 한계점에 이른 것이다. 며칠 전 순천 병원에 가서 통증 완화 주사를 맞았는데, 의사는 수술을 권했다고 한다.

듣고 보니 난감할 것 같았다. 평소에도 책방을 섣불리 비울 수 없어 부부가 함께 일하면서도 식사마저 같이하지 못하고 교대로 혼밥을 먹는 처지였다. 허리 수술을 받는 일은 쉽게 결정할 수 있는 문제가 아니었다. 딱하고 안쓰러웠다.

오늘 그와 모처럼 점심을 먹을 때에도 부인은 함께 가지 못하고 책방을 지켜야 했다. 밥 먹는 동안에도 여러 차례 부인의 전화를 받았다. "손님이 와서 책을 찾는데 서가 위치를 잘 모르겠다, 그런 책이 있는지 없는지도 긴가민가하다"면서 남편에게 묻는 것이었다.

그가 서둘러 식사를 마치고 얼른 책방으로 돌아가도록 하는 게 그를 도와주는 셈이라고 생각했다.

식사 후 책방에 갔더니 멀리 울산에서 여행 왔다는 젊은 여성이 책 몇 권을 찾고 있었다. 그의 일상은 늘 이런 식이었다.

그에게 물어보니 통상적으로 남자 손님보다는 여자 손님이 더 많은 편이라고 했다. 한국인들은 가뜩이나 독서량이 뒤떨어지는데 남자들은 더 뒤처지는 모양이었다.

조선시대를 통틀어 단연 압도적으로 많은 책을 지어낸 다산 정약용 선생에 관한 최고 전문가 박석무 선생이 최근 신문 칼럼에서 강조한 말이 떠올랐다. '국민이 책을 읽지 않으면 그 나라는 미래가 없고 결국 망한다'는 무거운 일침이었다.

책방 김 선생은 나를 잠시 허름한 옆 건물로 안내했다. 오래전 폐업한 식당인데 마침 친척이 사들인 것을 양해를 얻어 빌렸다고 했다. 내부에 많은 책이 벽면을 따라 가득 채워져 있었다.

그는 앞으로 이 공간을 무인無人 서점으로 만들고 싶다고 포부를 밝혔다. 좋은 발상이라고 그의 생각을 부추겨 주었다.

하지만 그가 덧붙인 한마디 말이 내 마음을 쿡 찔렀다.

"허리가 아파서 당장은 못하고 나중에 해야겠지요."

책방을 나선 뒤 돌아오는 길에 일평생을 책에 바친 외길 인생에 대해 잠시 생각했다. 그리고 마음속으로 기원했다.

'그가 처한 여러 어려움들이 더 악화되지 않기를!'

마을 근처 호숫가를 잠시 걸은 뒤 마을로 돌아가는 길에 가족이 탄 것으로 보이는 자전거 여러 대가 줄지어 달리는 광경을 보았다.

맨 앞 자전거 뒷자리에는 귀여운 어린 딸아이가 타고 있었다. 꼬마는 즐겁고 행복한 표정으로 아빠의 등을 피아노 건반 삼아 리듬 있게 두 손으로 두드렸다.

그 가족을 스쳐 지날 때 길가에 농사꾼 몇 사람이 농기계 앞에 모여 있었다. 모를 심는 이앙기였다. 거기에는 모내기에 심을 모종이 빼곡했다.

책방과 자전거 타는 가족, 모내기를 준비하는 농사꾼 … .

이렇게 각자의 삶에 열중하는 인생들의 모습은 전체가 한 묶음의 아름다운 풍경이다.

이들의 삶이 물꼬 따라 잘 흐르길 바란다.

길 위에서 나를 보다

어둠이 짙게 깔린 섬진강 변 밤길을 달릴 때, 나의 내면 마음속에서 일어나는 일이 있다. 그것은 내 마음이 스스로 초점을 맞추어 나를 보게 되는 일이다.

지금 이 순간 이 밤길을 무난하게 잘 가고 있는 것은, 분명히 어떤 존재가 내 안에서 그렇게 하고 있기 때문이라는 압축된 자각이 느껴진다.

내가 지금 길 위에 있는 상황이 인식되는 동시에, 도대체 나는 어디로 향하는지 오래된 질문이 다시 나를 찾아오는 것이다.

캄캄한 밤길에 편도 일차선을 따라 움직이고 있는 나는, 내 앞에 속속 보이는 가시거리만큼 길이 주어진 그대로 따라갈 수밖에 없다는 것을 파악하게 된다.

그리고 이 길을 잘 가고 있는 어떤 존재가 틀림없이 내 안에 있다는 것을 체험한다.

그러는 사이 나는 저절로 길에 집중하게 된다. 이 집중은 나의 바깥 상황과 나의 내면 상황을 동시에 알아차린다.

맞은편 차선 저 앞에서 달려오는 차의 헤드라이트가 점점 가까이 다가오는 것을 인식하여 속도를 늦추면서 잘 비켜 간다. 이때 내 안에서 잘 대처하는 '그 무엇'이 있음을 포착한다. 집중 상태에서 나는 바로 이것이다.

나의 내면에 일어난 집중은, 그에 의존하여 길을 탈 없이 가게 한다. 집중은 탈을 일으키지 않는다.

집중은 나를 보호한다. 집중은 한눈팔지 않는다.

집중은 신통하다. 집중은 똑똑하다.

이런 집중이 나의 내면 어디에서 나오는 것일까. 이리하여 나는 나를 오롯이 바라보게 된다. 내가 나와 가장 밀접해 있다.

내가 집중 그 자체일 때 나는 알 수 없는 어떤 입구 앞에 놓여 있음을 발견한다.

내 안에 집중이 애당초 잘 심어져 있는 것이라면, 집중은 필요할 때마다 꺼내어 쓸 수 있을 것이다.

집중의 사용은 끊임없는 연습으로 가능하다.

마음이 집중에 그윽한 관심을 기울이면 서서히 그렇게 된다. 집중이 내 안에 항상 있는 것이라면 밤이 아닌 낮에도 집중은 어디로 가 버리지 않고 나를 챙기게 될 것이다.

내가 전체적으로 이렇게 작동하는 것을 알게 해 주는 가장 중요한 실마리가 있다. 이 실마리는 '알아차림'이다.

'알아차림'은 나의 본질과 본색에 나를 접근시키는 유일한 통로다. 알아차림은 실제로 나의 모든 것이다.

알아차림은 당신과 나, 우리 모두에게 애당초부터 들어 있다. 하지만 대부분의 사람들은 까맣게 모르거나 놓치는 핵심적인 열쇠다.

알아차림은 당신과 내가 살아가는 의미를 건져 올린다.

밤길을 달려 산마을로 접어들었을 때 나와 똑같은 생명력이 감지되었다.

논에서는 개구리 소리가 시끌벅적했다. 노란 야생화들은 자동차 헤드라이트가 비추든 말든 아랑곳하지 않고 낮의 제 모습 그대로였다. 그리고 밤바람이 불었다. 잠들지 않은 길고양이가 울었다.

나를 포함하여 모두 생명 존재들이었다. 무엇인가 모든 것을 하나로 꿰뚫고 있었다.

천 년 뒤에도 혜택을 누리다

걷는 내내 여름 땡볕을 쏘이지 않아도 되는 그 숲길은 나무 그늘의 천국이었다. 과연 명품길이었다.

오늘 이 숲길을 기웃거리거나 망설이지 않고 끝까지 걸어 보기로 한 나의 생각이 스스로 기특하게 여겨졌다. 참 잘했다는 뿌듯함이 들었다.

숲길은 오르막이나 내리막이 한 군데도 없어서 숨이 찰 일이 없었다. 나이가 많아 보이는 사람들도 편하게 걸었다. 시야가 멀리 앞까지 뻗어 있는 그늘 길은 설렘을 덤으로 선사했다.

맨발로 걷는 사람들이 많이 눈에 띄었다. 오가는 사람들의 표정과 모습에서 근심, 걱정이나 고민의 기색은 전혀 보이지 않았다. 저마다 편안하고 평온해 보였다. 걱정 많은 인간들의 마음을 숲길이 잠시 거두어서 평화로움의 진공상태에 밀어 넣은 듯했다.

나는 걸을수록 남은 길이 짧아지는 게 아쉬워서 발걸음을 느리게 천천히 옮겼다.

함양 상림공원 숲은 자연숲이 아니라 인공숲이다. 사람이 의도와 계획을 갖고 조성한 숲이다. 여기서 놀라운 점은 이 숲의 설계자가 천 년도 넘는 옛날 옛적 신라 사람이었다는 것이다.

반갑게도 그 설계자는 글로 귀신까지 울렸다는 신라의 천재 문장가이자 고독한 한 점의 구름 같은 철학자였던 '고운 최치원 孤雲 崔致遠 선생'이다.

함양 고을의 오래전 옛날 이름은 '하늘 고개'란 뜻의 '천령 天嶺'이었다. 높디높은 지리산 고갯길을 품고 있어 그런 이름이 붙여졌을 것이다.

최치원 선생은 천령 고을의 최고 책임자 태수였다. 신라의 태수 그러니까 오늘날로 치면 함양 군수였다.

지리산 아래에 놓인 천령은 대자연의 영향이 큰 고을이었다. 해마다 큰비가 쏟아지면 강물이 넘쳐 농민들과 농토의 피해가 이만저만이 아니었다.

그래서 고을 태수는 궁리 끝에 과감한 치수 治水 사업을 밀어붙였다. 약 1,100년 전 일이었다.

그 후 피해는 크게 줄었고 숲은 꾸준히 번성했다. 도랑 치우고 가재도 잡고 일석이조 一石二鳥의 쾌거를 이룬 것이다. 천령 고을 사람들과 함양 사람들은 능력과 추진력 뛰어난 지도자 덕분에 천 년이 넘도록 보물 같은 숲을 선물받았다.

이 숲이 아름답다는 소문은 천 년이 지나도록 멈추지 않고 널리 퍼졌다.

나는 전국의 웬만한 풍광 명소들을 많이 다녀 본 편이다. 짐짓 품격 있는 표현을 빌리면 주유천하周遊天下가 은퇴 후 일상으로 자리 잡았다.

내가 보기에 전국의 인공숲 중에 함양 상림숲은 주저하지 않고 엄지를 치켜세울 만한 곳이다. 당신도 이 숲을 찾아가 보기를 강력히 추천한다. 찾아가면 좋은 기운을 받게 될 것이다.

내가 숲길을 돌아 나올 때 넓은 양귀비 꽃밭에서 친구들과 연인들이 흡족한 얼굴로 인증샷을 찍었다. 그 한구석 사람들 눈에 잘 띄지 않는 몇 뼘 크기의 작은 풀밭에 다가설 때 코스모스가 나를 반겼다.

작업 인부들이 땀 흘리는 연꽃 연못에는 단아한 연꽃을 한가득 피울 그날을 꿈꾸며 초록 연잎들이 무럭무럭 자라고 있었다.

상림숲은 나의 힐링 숲 목록에 추가되었다. 종종 찾아가게 될 것이다.

시인이 나를 꾀다

상림숲을 글에 담고 있을 때 공교롭게도 박남준 시인의 문자 메시지가 날아들었다.

그는 '지리산 시인'이라는 브랜드를 잘 확보하더니 이번에는 아프리카 바오밥나무에 꽂혔다. 가난한 살림살이에 꽤 오랜 시간에 걸쳐 여행비를 가까스로 모은 끝에 어느 날 훌쩍 아프리카 섬나라 마다가스카르로 떠났다.

그리고 돌아와서는 시집이 아니라 바오밥나무 에세이를 출간했다. 바오밥나무에 푹 빠진 애호가가 되어 있었다.

시인은 바오밥나무에 관한 책을 나에게 선물하고 싶다고 했다. 각자 알아서 지내다 보니 그를 본 지도 꽤 오래된 것 같다는 생각이 들었다.

그는 여행에서 챙겨온 바오밥나무 씨앗을 자기 집 마당에 심고 애지중지 날마다 특별하게 돌보며 키우고 있다는 인터뷰 기사를 문자 메시지에 첨부해 보냈다.

나는 곧 방문하겠다는 직답 대신에, 시인의 바오밥나무가 궁금하다고 우회하여 답장을 보냈다.

오랜만에 대면하는데 빈손으로 가기가 조금 거시기하여 수박이라도 한 덩이 사 가야겠다고 마음먹고 글 쓰는 것을 한나절 미뤘다.

기나긴 수명과 거대한 몸집의 바오밥나무 씨앗은 머나먼 아프리카에서 지리산까지 고이 모셔져 시인 박남준의 마당 화분에서 여리디여린 새싹을 틔웠거나 가느다란 실막대기가 되어 조심조심 자라고 있었다.

원래 바오밥나무는 연중 최저 기온이 섭씨 10도 이상인 곳에서 자라는데 한국의 지리산 땅에 옮겨 성목成木이 될 가능성은 거의 없다고 그는 설명했다. 결국 어린나무 상태로 언젠가 죽겠지만 그래도 키울 수 있을 때까지는 키울 작정이라고 결심을 밝혔다.

국내에서는 몇몇 열대식물원에서 미처 다 자라지는 못한 상태로 관리되고 있을 것이라고 했다.

바오밥나무의 특별함에 나도 호기심은 가졌지만, 나무보다 시인의 남다른 열정이 다시금 느껴졌다.

그는 생활이 가난하면서도, 이번에 출간된 책의 인세 수입이 얼마나 될지는 모르지만 수입금 전액을 기부하기로 했다. 마다

가스카르 바오밥나무 마을에 보내서 좋은 곳에 쓰이기를 바라는 심정으로, 얼마 전 어느 특강 때 전액 기부를 사람들 앞에서 미리 공언했다고 했다.

이전에도 그는 그랬었다. 경제적으로 늘 빠듯하게 살지언정 주변에 더 큰 가치가 느껴지는 곳에 힘겹게 모은 돈을 몽땅 쾌척하곤 했다.

그는 마음씨가 멋진 사나이다. 그의 마음속 샘물에서 우러나는 맑은 물방울들은 향기로운 언행일치言行一致의 시가 되어 여러 권의 시집으로 세상에 건네졌다.

오랜만에 만나 서로 근황을 주고받는 대화에서 바로 최근에 감기가 폐렴으로 악화되어 며칠간 병원 신세를 졌다는 소식도 알게 됐다.

나는 좋은 인연들끼리는 오래 볼수록 좋지 않겠냐고 위로의 말을 하며 그의 건강을 기원했다. 그는 최근 악양에 새로 생긴 작은 책방 소식을 내게 귀띔했다.

되돌아 나서는 길에 나는 시인이 알려 준 폐교를 재활용한 그 책방을 찾아갔다. 마침 대표가 자리에 있어 초면 인사를 나눴다.

하동이 고향인 그는 오랜 세월 동안 진주에서 서점을 운영해 온 사람이었다. 대화에서 그는 재미있는 표현을 썼다. '3하 4진', 일주일에 사흘은 하동에 머물고 나흘은 아내가 있는 진주에서 지낸다는 뜻이었다. 앞으로 '4하 3진'으로 바꾸어 지낼 생각이라고 했다.

그의 풍모는 잘 정돈된 서가처럼 깔끔했다. 그에게 내 책을 선물했다. 그는 반가움을 나타냈다. 잠깐 책 머리글을 훑어보더니 좋은 책을 만난 것 같다고 덕담했다.

책방을 나서는 순간, 저 앞에 사람들의 발길이 뜸한 예쁘장한 카페가 보였다. 그 카페 앞 그늘 좋은 느티나무 아래에서 주인이 혼자 조용히 책을 읽고 있는 게 눈에 들어왔다.

나는 모처럼의 손님 노릇도 하고 시원한 냉커피도 챙기려고 카페로 다가갔다. 카페 이곳저곳에 주인의 섬세하고 깔끔한 손길이 묻어 있었다.

중년의 주인 여성은 뜻밖에도 구례에 산다고 했다. 나는 반가워서 차에 있던 내 책 한 권을 그녀에게 건넸다. 왠지 책을 한 권 건네면 좋겠다는 생각이 들어서였다.

가끔 낯선 사람에게 책을 선사하는 일이 있다. 하지만 통상적으로 했던 저자 사인을 하지 않은 채 건넸다. 비록 선의에서 비롯된 행동일지라도 상대방은 다르게 해석할 수 있다는 조심스러움이 들어서였다. 냉커피가 나오자 나는 즉시 자리를 떴다.

돌아오는 섬진강 변 길에서 돌이켜보니 오늘 하루는 묘하게도 책이 오고 간 하루였다.

책이 빚어내는 인연도 간단치 않다.

산안개가 마당을 스치다

산마을에 아침 안개가 내려와 마당을 스치듯 스르르 지나갔다. 안개가 바로 코앞에서 뺨을 부드럽게 어루만지며 가장 낮은 곳 길고양이 밥그릇에까지 낮추어 지나가는 광경은 신비스럽다.

눈앞에 있지만 도저히 가질 순 없는 이 희미하고 자유자재한 형태의 기운은 누가 보낸 것일까.

안개는 무엇을 감추거나 가리는 은폐가 아니다.

가려서 오히려 그 안에 무엇이 있다는 걸 암시하는 손짓이다.

안개는 TV에서 날씨나 교통상황을 알릴 때 별 느낌 없이 나오는 말이지만, 산마을에 산안개가 내리면 그것은 은밀한 축복이다.

지긋하고 그윽한 가피加被 은총!

자연 현상을 접할 때 자기 머릿속에 부질없는 고정 틀을 지어 내 그 쓸데없는 틀을 가지고 대하면, 자연은 당신에게서 순식간에 멀어지고 달아나 버린다. 자연은 소용없는 것들에 정신이 팔려 있는 사람에게는 아무런 소용이 없다.

자연은 정직한 거울이어서 자연을 대하는 그 사람의 마음 상태를 그대로 반영한다.

자연에 온전히 집중하여 자연과 하나가 되지 못하고 정신이 엉뚱한 곳에 가 있는 사람에게는 어떤 자연도 의미를 주지 않는다.

자연은 분석 대상이 아니다. 자연은 그냥 느끼며 받아들이는 것이다.

자연은 그것을 있는 그대로 그윽하게 받아들이는 사람에게 '무한함'과 '그 너머'를 선물한다.

자연이라는 두 음절의 간결한 표현에 담긴 뜻은, '스스로 그러하다'는 것이다. 원래 그러하니 더 보태거나 뺄 일이 없다는 뜻이다.

어리석은 사람은 알량한 자기 머릿속에 부질없는 바리케이드를 세워 놓고서, 부질없는 선글라스를 낀 채 부질없는 색깔을 입힌다. 바리케이드는 치우면 그만이다. 선글라스는 벗으면 그만이다. 바로 이것이 자연을 잘 대하는 길이다.

지리산 형제봉에 서 있는 사람이 주식이나 재산, 케이블카 이야기를 하는 모습은 상당한 수준의 개그다. 그는 한반도 남쪽에서 가장 높고 웅장한 자연 앞에 놓여 있는 순간을 놓친 것이다. 정신 팔린 인간들이 날마다 하는 짓이라고는 늘 이런 식이다.

자연이 인간을 대하는 방식은 늘 자연스럽다.

자연을 자연스러운 마음으로 자연스럽게 대하는 사람들에게 자연은 윤동주를 귀뜸해 준다. 하늘과 바람과 별을 선물한다.

당신과 나의 삶에서 그 이상의 것은 없다. 자연은 삶의 최대치를 하늘이 사랑으로 가득 담아 보낸 감사한 선물이다.

당신과 나는 자연 그 자체이다. 당신과 내가 훗날 몸을 벗어 지구의 흙에 섞이는 일은 그 명명백백한 증거다.

어쩔 수 없이 헤어지다

그 친구와 내가 서울의 어느 버스 정류장에서 마주친 것은 확률상으로 500만 분의 1이었다. 가능성이 사실상 제로에 가까운 일이 벌어진 것이었다.

그와 나는 각자 직업을 가졌던 시절에는 일주일이 멀다 하고 자주 만나 술 한잔 걸치는 가까운 사이였다.

나는 어느 결혼식에 가는 길이었고 그는 귀갓길 버스를 기다리는 중이었다. 그가 근처 카페에 들어가 잠시 얘기라도 나누자고 했지만, 나는 시간을 지켜야 하는 결혼식에 늦지 않으려면 그럴 수 없었다.

그와 나는 서로 멀리 떨어져 지내는 여건상 가끔 메신저로 안부를 주고받았다. 언제 한번 보자는 애매한 약속 아래 차일피일 세월이 흘러 그새 몇 년이 지나고 말았다.

길거리에 선 채로 겨우 몇 마디 짧은 인사만 나눌 사이는 아님에도 우리 둘은 어쩔 수 없이 그렇게 되고 말았다. 서로의 안색과 몸놀림에서 그런대로 아직 건강한 편이라는 것만 확인하고는 이내 발걸음을 재촉해야 했다.

친구는 강원도 어느 야영장에서 다른 친구와 캠핑을 마치고 귀가하는 길이라고 했다. 그 얘기를 듣고 나는 우리 나이에 할 수 있는 것 중에 가장 멋진 일을 하며 다행스럽게 사는 것 같다고 덕담을 건넸다.

왕년에 술자리를 함께했던 다른 친구들의 안부를 궁금해하며 내가 묻자, 이제 서로 얼굴 보는 일이 뜸해졌다고 그가 답했다.

나이 들어가면서 만나는 상대방도 예전과 달라져 있다는 걸 알게 되었다. 그렇게 죽고 못 살 듯이 어울렸는데, 이젠 별일 없이 살아 있다는 소식을 듣는 것만으로도 다행이라 여겼다.

삶은 결국 세상 떠나는 종점에서 합류하게 되어 있다.

그럼에도 마감할 때까지는 각자 다른 시간과 공간에서 지내야 하는 인생길 철칙鐵則에서 우리 둘 또한 자유로울 수 없었다.

친구와 아쉬운 작별 인사를 하고 서둘러 결혼식장으로 향하는 길 위에서 생각했다. 잠시 후 첫걸음을 함께 내딛고 인생 최고의 기쁨을 맛보게 될 젊은 새 부부도 세월이 흐르면 친구와 나처럼 되리라는 것을.

신랑은 미남 의사였고 신부 역시 야무진 인상의 의사였다. 앞

길에 경제적 순탄함이 보장된 한 쌍이었다.

하지만 인생길 전체가 큰 탈 없이 순항하는 일은 아무도 확언할 수 없음을 속으로 되새기며 결혼식을 바라보았다.

신랑의 어머니는 몇 년 전 어느 날 아침 일어나 보니 남편이 간밤에 심장마비로 떠난 것을 뒤늦게 발견한 충격과 황망함과 덧없음을 경험한 짝 잃은 홀어머니였다.

인생의 모습은 언제나 플랜B가 결정한다.

반갑게 소주라도 한잔 나누어야 했을 친구를 버스 정류장에 놓아둔 채로 발길을 옮겨야 했듯이.

로버트 드니로가 트럼프를 쏘다

아카데미상을 휩쓸었던 명작 영화 〈디어 헌터 *The Deer Hunter*〉(사슴 사냥꾼)에서 애잔하게 깔리는 기타 연주곡 〈카바티나〉는, 언제 들어도 가슴을 적시며 파고드는 명곡이다.

이 글을 읽는 당신이 젊은이라면 이 영화와 주제 음악이 당신에게 평생 동안 멋진 선물이 될 수 있다는 걸 잘 기억하기를 바란다.

베트남전쟁을 전혀 다른 방식으로 접근하여 그린 이 영화를 통해 일약 세계적 배우로 발돋움한 인물은 바로 로버트 드니로 Robert De Niro다.

세월이 흘러 그도 80살이 넘었지만 노익장을 과시하며 꾸준히 작품활동을 하고 있다. 우리나라 노장 배우 이순재 씨처럼 드니로는 할리우드와 국제 연예계에서 여전히 영향력 있고 주목받는 원로 인플루언서다.

그가 조 바이든 대통령과 도널드 트럼프Donald Trump가 치열하게 맞붙은 미국 대선정국을 향해 한마디 준엄하게 쏘아붙인 말이 파장을 일으키면서 국제 뉴스를 장식했다.

그는 트럼프가 미국과 세계를 망칠 인물이라고 혹평했다. 트럼프를 향해 한 방 날렸으니 결과적으로 바이든을 지지한 셈이다. 바이든이 대선 후보를 사퇴한 후에는 카멀라 해리스를 적극적으로 지지하면서 트럼프에 맞섰다.

그가 거리낌 없이 정치적 견해를 밝히는 모습을 보면서, 역시 뚝심이 대단한 사나이라는 느낌을 받았다. 시들어 가는 할아버지의 모습을 그에게선 찾아보기 어렵다. 그는 나보다 열 살이 더 많다.

트럼프를 보면서 매우 위험한 정치인이라고 느끼던 나에게, 드니로는 시원한 대리만족을 맛보게 해 주었다.

성추문으로 오랫동안 재판을 받으면서 정치자금이 부족해진 트럼프는 또 거침없는 발언을 내뱉는 바람에 화제가 되었다. 자신과 식사 한 끼를 하고 싶은 부자가 있다면 한국 돈으로 무려 340억 원을 내라고 한 것이다.

그는 동맹국들 간의 군사적 안보와 가치동맹도 돈을 내지 않으면 헌신짝처럼 버릴 수 있다고 엄포와 협박을 서슴없이 쏟아내어 한국과 유럽 등 국제사회에 큰 충격과 극심한 불안을 조성하고 있다. 동시에, 국제적 위험인물이자 골칫거리인 북한 김정

은의 불장난을 부추기는 언행을 아무렇지도 않게 일삼아온 역대급 예측불허 인물이다.

이런 세계적 말썽쟁이를 겨냥해 세계적 배우 드니로가 가한 일격이 적지 않은 타격을 입히게 될까? 제발 그렇게 되었으면 하는 심정으로 바라본다.

지리산 시골에서 지내는 나에게 로버트 드니로는 변함없는 영웅이다.

나라와 국제 평화를 망설임 없이 깨 버릴 수 있다는 사고방식을 가진 지도자들이 얼마나 있을까? 머릿속에 떠올려 보니 국내에도 몇 명이 있고 나라 바깥에도 몇 명이 있다.

기후 온난화와 더불어, 지금 지구는 몇몇 리더들과의 악연으로 더욱 심한 난기류에 휩싸여 있다.

지리산에서 오늘 하루 내 마음이 원한 건 오직 평화일 뿐이다.

왠지 서운하다

"아니, 그 양반이 미국으로 돌아갔다고요?"

"사흘 전에 출국했어요. 후배들이 출국 환송연도 해 드렸습니다. 내년에 벚꽃 필 때 꼭 다시 오겠다고 말씀하셨는데⋯."

후배가 하는 섬진강 변 국숫집에 점심 먹으러 갔다가 듣게 된 소식이었다.

읍내 소식에는 귀가 어두운 편이라 뒤늦게 접하는 이야기가 왕왕 있다. 하지만 그 양반이 오래 살았던 거처까지 완전히 정리한 뒤 한국을 떠났다는 소식에 왠지 모를 서글픔과 서운함이 들었다.

그와 나는 평소 자주 만나거나 교류하던 사이는 아니었다. 나보다 아홉 살 연상인 그는 읍내에서 '한韓 목사' 또는 '한 선생'으로 꽤 널리 알려진 분이었다.

수십 년 전 미국으로 이민 가서 부부가 둘 다 오랫동안 목회자 생활을 하다가, 남편이 먼저 은퇴한 뒤 혼자 한국에 들어와 이곳 구례에 정착해 살았다. 몇 년 전에는 그의 아내도 합류하여 사이 좋게 살다가, 부인이 몸이 불편해져서 자식이 있는 미국으로 되돌아간 후로 또 혼자가 되어 살던 분이었다.

그를 내가 잘 기억하는 이유는 성품이 쾌활하고 소탈한 데다 붙임성이 뛰어나고 약주를 워낙 좋아해서 한동안 나에게 술 한잔하자고 여러 번 권했으나, 내가 매번 사양했던 기억이 뚜렷이 남아 있기 때문이다.

그와 나는 장날이면 장터에서 종종 마주치곤 했다. 그는 장날이면 빠짐없이 장터에 나타났다. 그에게 장날은 아는 사람이라면 누구든 개의치 않고 함께 약주 한잔 즐겁게 걸치는 날이었다.

그렇다고 그가 소문난 술꾼이었다는 뜻은 전혀 아니다. 그는 박식했다. 읍내 향교에서 꾸준히 강단에 서서 의미 있는 교육 프로그램에 참여했다.

이런 그를 내가 굳이 깍쟁이처럼 대할 까닭은 없었다. 다만 나는 직장 시절 내내 빠지지 않던 술자리에 은퇴 후 다시 끼어드는 일이 영 내키지 않았다. 이런 나의 다짐을 그에게 설명하면서 양해를 구하기도 했다.

그래서 결과적으로 그와 더 깊은 인연을 쌓지 못하고 그냥 아는 사이에서 멈추어 버린 꼴이 된 것이었다.

끈끈한 사이도 아니었던 사람을 앞으로 다시 보기는 어렵게 되었다는 사실에 마음이 괜스레 시큰해진 까닭은 무엇일까.

생각해 보니 까닭은 있었다. 그것은 세월과 노년이 만들어 내는 모습이었다. 늙고, 병들고, 어쩔 수 없이 상황을 정리하고….

그의 출국으로 구례 읍내와 구례 장터는 멋진 사나이 한 사람을 잃게 되었다. 장터에 노인들은 많지만, 이제 되짚어 보니 그 양반은 보기 드문 인물이었다.

사라진 뒤에야 부재를 통해 그 빈자리를 절실히 느꼈다.

국수 한 그릇 챙겨 먹은 뒤 후배와 강변 데크에서 담배 한 대 피워 물고 이야기를 나누면서 내가 말했다.

"결국 이렇게 저렇게 세월이 또 한 뭉텅이 흘러갔다는 걸 깨닫게 되네. 어이! 그러고 보니 나에게는 이제 딱 한 뭉텅이 세월이 남아 있군. 남은 세월 동안에 짭짤하게 잘 살아야 할 텐데…."

푸념 섞인 나의 말에 후배는 대답 대신 빙그레 웃었다.

산마을로 돌아올 때 등산복 차림을 한 고등학생 30명쯤이 줄지어 지리산 둘레길을 걸어가는 모습이 눈에 들어왔다. 저 아이들은 지금 걷고 있는 이 길이 사실은 인생길이라는 걸 알지 못할 것이다.

인생길에서 미리 깨닫고 미리 아는 이야기는 거의 없다.

장하다

후배 K가 삶을 완전히 바꾸고자 하는 결심과 행동은 한마디로 장했다. 36년간 다녔던 회사를 은퇴할 무렵 그는 자회사 사장과 본사 감사 등 꽤 높은 직책을 맡았었다.

은퇴 1년 만에 그를 내가 만난 곳은 어느 산골이었다. 인구 2,000명 정도 되는 작은 면 소재지였다.

그는 농촌 살아보기 체험 프로그램에 응모해 최종면접을 거쳐 선발된 뒤 두 달을 꼬박 채우고 석 달째를 눈앞에 두고 있었다. 날마다 새벽에 일어나 사과농장이나 복숭아농장, 자두농장에 가서 농사를 직접 배우며 고된 노동을 요령 부리지 않고 모범적으로 해내고 있었다.

왕년에 잘나갔던 사람이 묵묵히 견디며 열심히 일하는 모습에 다른 일꾼들이 감탄하고 농장주인들이 칭찬했다. 그 입소문이 한 바퀴를 빙 돌아 그의 귀에 들어갔다.

그의 숙소는 폐교를 리모델링한 작은 단칸방이었다. 침대와 작은 책상 하나 그리고 싱크대와 화장실이 전부였다.

주말에 일을 쉬는 틈을 이용해 지금은 아내 혼자 지내는 서울의 아파트에 들러서 밀린 빨랫감들을 세탁하고 다시 시골로 돌아오는 단조로운 과정을 되풀이했다. 하지만 불평불만은 전혀 없다고 당당히 말했다.

올해 14년째 시골살이를 하는 나는 과거 직장 시절에 가까웠던 그 후배를 꼭 한번 찾아가 응원하겠다고 마음먹고 있었다.

그를 찾아가던 날 지리산을 나설 때 내비게이션에서 확인해 보니 거리가 만만치 않았다. 서울 가는 거리에 50km를 더 보탠 333km였다. 한마디로 삼삼한 거리였다.

오전에 출발했지만, 서두르지 않고 달려간 끝에 그를 만난 시간은 하루 일과가 끝나는 저녁 무렵이었다.

나는 사전에 여유를 두고 그에게 귀띔한 게 아니었다. 당일 찾아가던 도중에 불과 몇 시간 전에 휴게소에서 그에게 문자 메시지를 보내 알렸다.

해질 무렵 그는 농업기술센터 교육을 마치고 돌아와 나를 만났다. 함께 방송사에서 일했을 때 매일 보았던 우리는 서로가 꿈에도 생각지 못한 한적한 시골에서 반갑게 악수를 나누었다.

나는 애당초 그가 신경 쓰지 않도록 다른 곳에 가서 하룻밤 묵을 계획이었다. 하지만 그는 예전처럼 폭탄주를 함께 마시며 정을 나누는 자리를 갖고 싶어 하며, 이장에게 전화를 걸어 내가 묵을 방을 즉시 확보하여 이예 쐐기를 박았다.

우리는 그의 단골 식당에서 두런두런 많은 이야기를 나눴다. 그는 이번 프로그램이 끝나면 이어서 더 긴 기간 동안 농촌체험을 계속할 작정이라고 밝혔다. 그의 인생길이 180도 바뀌고 있음을 결연하게 선언한 셈이었다.

나의 반응은 두 마디였다.

"대단하다!" "멋지다!"

숙소로 갈 때 검은 능선 위에서 환한 보름달이 우리를 비췄다.

잠자리가 낯선 탓인지 나는 푹 잠들지 못하고 몇 번을 깨어 토막잠을 겨우 세 시간 정도 자던 끝에 별안간 생뚱맞은 한밤중 출발을 작정하고는 세수만 간단히 하고서 길을 나섰다.

시계를 보니 2시 30분이었다. 미친 출발이었다.

후배에게 "내일 아침 내가 안 보이면 떠난 줄 알라"고 예고는 했지만, 후배는 그렇게나 일찍 나설 줄은 몰랐다고 나중에 통화할 때 놀라는 반응을 보였다.

나선 시간도 예사롭지 않았지만, 한밤중에 아무도 없는 외딴 산길과 높은 고갯길을 혼자 간다는 것은 쉬운 일은 아니었다. 그러나 나에게는 가끔 한 번씩 있는 일이었다.

산길을 가던 중에 고라니를 두 번 마주쳤다. 무서움 같은 것은 없었다. 나는 지리산의 밤길을 수없이 넘어 보았다. 한밤중에 깊은 산중 고갯길을 넘는 일은 나에게는 고도로 마음을 집중해야 하는 체험이었다.

다음 행선지로 선택한 약 50km 떨어진 영주 부석사에 도착했을 때는 한 시간쯤 뒤인 새벽 3시 30분이었다. 그제야 나는 깊은 잠에 빠져들었다.

차 안에 앉은 채 눈을 붙이고 깨어나 보니 소백산 능선 위로 동이 트고 있었다. 아! 그 하늘의 아름다움과 그 이른 아침의 신선함은 글로 묘사할 길이 없다.

나는 다시 길 위의 인생이었다.

나는 '나다움'에 군더더기를 갖다 붙이지 않았다.

제자리에 돌아온 친구를 만나다

영주에 내가 들른 이유는 오랜 친구를 만나기 위해서였다. 그는 이곳 사립대 총장이었다.

이전에도 종종 그 친구를 학교로 찾아가 만났지만, 이번엔 특별했다. 왜냐하면 그는 5년 전 얄궂은 사건에 얽혀들어 정권의 눈밖에 나면서 쫓겨나다시피 총장 자리에서 물러난 이후 5년이란 긴 세월 끝에 재판에서 승소해 다시 총장 자리에 복직한 터였다.

그가 총장에서 물러난 그 세월 동안 나는 그를 종종 만나서 위로를 건네곤 했다. 이번에 마침내 복귀하여 다시 총장실에 돌아와 앉아 있는 그의 모습을 내가 눈으로 직접 확인하고 싶다고 말했을 때, 친구는 퍽 감격스러워했다.

우정의 방문이었다. 그와 나는 사회생활을 하기 이전 20대 때 처음 만나 인연을 맺은 이래 50년 가까운 긴 세월 동안 사이좋은 친구로 지내왔다. 넉넉한 부잣집 아들로 태어나 부족함 없이 자란 친구는 우스갯소리 하기를 즐기며 구김살 없이 사람을 대하는 마음결이 고운 사람이었다.

그는 내가 은퇴 후 낙향하여 지리산에서 긴 세월을 보내는 동안, 다음과 같은 한마디로 나를 향한 마음을 표시했다.

"자네가 살아가는 모습은 주변에 좋은 본보기라는 걸 잘 기억하길 바라네. 계속 지금처럼 살게!"

총장실 문을 열고 들어설 때 친구는 상기된 얼굴로 다가와 내 손을 힘주어 꼬옥 쥐었다. 우리는 짧은 몇 초 동안 둘 다 아무 말도 하지 않았다. 둘만이 느끼는 감회를 짧은 침묵으로 교감했다.

나는 친구에게 한마디 당부했다. 남은 시간 동안 아낌없이 좋은 노릇 많이 하라고. 그리고 캠퍼스 안에 황톳길을 만들어 보면 어떻겠냐고 시시콜콜한 아이디어도 전해 주었다.

그는 나에게 예전처럼 맛 좋은 영주 한우를 점심으로 대접하고 싶다고 했으나, 나는 사양하면서 시원한 냉면 한 그릇이면 충분하다고 했다. 우리는 물냉면을 맛있게 뿌듯하게 해치웠다.

총장실을 나설 때 그는 나에게 우정의 선물을 건넸다.

그 선물 하나를 나는 서울의 집사람에게 갖다주었다. 다른 하나 칫솔 살균통은 지리산으로 챙겨와 날마다 쓰고 있다. 아침저녁으로 이를 닦을 때마다 그 살균통을 열면서 친구를 떠올린다.

그와 나의 남은 인생길에서 다른 무엇이 더 필요하랴!

초하루에 마감을 목격하다

71년 살아왔던 그의 몸뚱이가 소각되는 데는 1시간 30분밖에 걸리지 않았다.

그는 지리산 천왕봉이 바라보이는 산중 바위틈에서 자란 작은 소나무 아래 한 줌 재가 되어 놓였고 바람을 타고 흩어졌다.

나는 그의 가족도 아니면서 사흘간 그의 마지막 길에 함께했다. 그는 나와 동갑내기 지인이었다. 나는 그의 부인과 각별한 인연이 있었다.

그의 죽은 몸을 싣고 화장장으로 향할 때 운구 버스의 뒤를 내 차와 스님의 차, 두 대의 자동차가 따라갔다.

가는 동안에 운구 버스의 번호판을 보니 '9001'이었다. 그때 어느 순간 내 차의 계기판 마일리지가 36만 9001km를 가리켰다.

그냥 우연의 일치라고 가볍게 여겨지지 않았다. 어딘가 묘한 느낌이 들었다. 왜 그렇게 공교로운 일이 벌어졌는지 알 길은 없다.

화장장에서 대기하는 동안 스님과 나는 이런저런 이야기를 나눴다. 스님은 출가하기 전 방황했던 20대 시절 이야기를 들려주었다.

추운 겨울에 돈 한 푼 없이 무작정 상경하여 서울역에서 어느 노숙자 옆에 바짝 붙어 덜덜 떨면서 하룻밤을 지낸 적이 있는데, 그때 경험이 출가 후 긴 세월 동안 결코 쉽지 않았던 수행의 길잡이가 되었다고 회고했다.

당시 노숙자는 나이가 지긋한 사람이었는데 옆에 나타난 낯선 청년의 사연을 듣더니, 이튿날 즉석라면 한 봉지를 먹여 주고, 작별할 때 담배도 한 갑 선물하더라는 것이었다.

스님은 또 불경에 전해 내려오는 석가모니의 가르침 한 토막을 들려주었다.

"나무 밑에서 자더라도 이틀을 넘기지 마라!"

그 가르침의 뜻은 수행자는 처한 환경에 정을 붙이면 안 된다는 것이라고 설명했다. 수행자는 철저한 고독 속에 있어야 하고, 머릿속에서 헤아리는 그런 고독이 아니라, 내면 저 아래에서부터 차오르는 고독감이 수행을 돕는다고 덧붙였다.

오늘날 현대인들은 SNS의 발달로 불교에 관해 상당히 많은 정보를 듣고 이해하고 있기에, 깨달음이 무엇인지 보다 명확한 가르침을 원한다고 한다. 하지만 스님들이 그 절실함을 채워 주지 못하는 것 같다고 스스로를 비판하는 이야기도 꺼냈다.

명확한 가르침을 전해 줄 만한 깨달음을 얻은 승려라면 반드시 전하는 소명을 다해야 하며, 그렇지 않다면 차라리 입을 닫아야 할 것이라고 힘주어 말했다.

세상을 떠난 동갑내기 지인의 위패는 지리산 둘레길 근처 어느 절에 모셔졌다.

내가 절을 나서서 되돌아 나올 때, 둘레길 여기저기에 도보 여행자들이 쉬고 있는 모습이 눈에 띄었다.

나는 다시 뱀사골을 거쳐 산길로 성삼재를 넘었다.

외로움이 아름다움을 버무리다

여수반도의 끝자락에 있는 백야도는 혼자 찾아가는 게 더 낫다. 그 섬에 혼자 놓일 때 느낌은 더 깊다.

커다란 외로움이었다가 다리 덕분에 육지가 된 이 섬을 온전히 느끼려면 혼자 찾아가는 게 더 좋다. 섬의 외로움이 얼마나 컸을까. 외로운 여행자가 돼 보면 안다.

다리를 건너자마자 우회전하여 바다를 오른쪽 코앞에 두고 터벅터벅 걸으면, 혼자인 당신은 그때부터 외로움을 맛보게 된다.

다행히 그 외로움은 속수무책은 아니다. 저 앞에 여자만汝自灣 물굽이가 당신을 포근히 감싼다. 함께 외로웠던 섬들, 지금은 고흥 땅으로 연결되어 배를 타지 않아도 갈 수 있는 조발도早發島, 낭도狼島가 손짓한다.

바닷가 찻길 첫머리에 나타나는 숙박지의 간판 이름들은 정직한 단어들을 취하고 있다. 하늘! 땅! 바다!

바다를 바로 앞에 둔 버스정류장을 지나 마을의 어선들 몇 척이 오붓하게 정박하는 작은 포구를 거쳐 느리게 걷다 보면, 이윽고 찻길이 끊어지는 곳에 새로 들어선 깔끔한 펜션들이 하룻밤 묵고 싶은 충동을 자극한다.

거기에 앙증맞은 카페가 있어 커피 맛을 최대치로 끌어올린다. 하지만 커피숍 유리창의 검은 선팅은 강렬한 한낮의 햇살을 가려 주는 상업적 장치여서 당신의 외로움을 방해할 수 있다.

나 같으면 커피를 챙겨 앞바다를 온몸으로 느끼는 게 더 나을 듯하다. 뺨에 스치는 바람을 느끼며, 눈부신 물의 반짝임 윤슬을 바라보며, 바다에 내리쏘는 찬란한 태양에 미간을 순하게 찌푸리며, 내가 왜 여기까지 찾아왔을까 곰곰 생각을 추스르며 … .

발길을 돌려서 국도 77번이 마침내 끝날 수밖에 없는 하얀 등대 부근 솔숲 벤치에 혼자 앉으면, 당신은 저절로 하나의 물음 앞에 놓인다.

"나는 무엇인가? 내 안에서 끊임없이 두리번거리는 이 존재는 무엇인가?"

당신이 돌아가는 길에 여수를 벗어날 때는, 시내 쪽을 택하지 않고 율촌 여수공항을 거쳐 순천 해룡으로 이어지는 찻길이, 당신의 고독감을 마무리하는 일에 더 순조로운 보탬이 될 것이다.

당신은 외로움이 아름다움을 끌어안아 버무린 '그것'이 가슴 한구석에 깊숙이 들어왔음을 느끼면서 또 길 위에 있을 것이다.

같은 그 길을 하늘이 크게 바꾸어 놓다

저녁을 챙겨 먹으러 단골 식당에 들어갈 때까지만 해도 날씨는 멀쩡했다. 하늘은 곱디고운 분홍색 구름이 피어 아름다웠다.

식사를 마치고 나오니 비가 내리기 시작했다. 섬진강 변 길을 달릴 때 바로 눈앞 하늘에서 번개가 잇달아 번쩍이더니 천둥소리가 들렸다.

토지면을 지날 때 아스팔트에 길 안개가 잔뜩 끼어 자동차 속도를 크게 낮추어 조심해야 했다.

화엄사華嚴寺 냉천삼거리 부근을 통과할 때는 천둥 번개와 더불어 빗줄기가 차창을 요란하게 두들기며 시야를 어지럽혔다.

밤 8시를 기해 호우주의보와 하천범람주의보가 발령되었다는 알림문자가 떴다. 앞서가는 순찰차의 경광등이 물 머금은 도로 위에 길게 어른거리며 잠시 시야를 방해했다.

후쿠코 가게는 평소보다 일찍 문을 닫아 불이 꺼져 있었다.

들판 사잇길로 들어설 때 와글와글 개구리 합창소리는 멈추어 들리지 않았다. 마을 고샅길은 어둠 속에서 인적이 서둘러 끊겨 있었다.

혹시나 저녁밥 또 주려나 담장 위를 얼씬거리던 길고양이 녀석들도 앞당겨 퇴근하여 보이지 않았다. 시끄럽게 야옹거리며 소란 피우는 싸움도 오늘 밤엔 들리지 않았다.

구들방에 돌아와 앉으니 처마에서 비 떨어지는 소리만 계속 이어졌다. 나는 하염없는 빗소리를 들으며 가만히 있었다. 내 머리 위에 지붕이 있다는 게 다행스럽다고 생각했다.

장작불 온기가 방바닥에 아직 남아 있어 불 때기를 잘했다며 스스로 기특해하며 뿌듯해했다. 마당에 널었던 빨래를 일찌감치 거둔 것도 장한 일이 되었다.

식당을 왕복한 그 길은 똑같은 길이었다. 똑같은 그 길의 형편을 하늘이 완전히 뒤바꾸어 놓았다.

인간이 만든 그 길은 하늘의 플랜 B에 속수무책이었다.

재벌의 마음속도 허전한 모양이다

한국의 재벌 총수와 세계적 미디어 재벌 총수가 연이어 뉴스를 타면서 세간의 주목을 끌었다.

두 인물이 잇달아 화제에 오른 내막에 공통점이 눈에 띈다. 짝이 있다가 그 짝과 헤어지고 새로운 짝을 만났다는 것이다.

이들이 사람들의 눈과 입에 오르내리는 배경은 엄청난 재산이다. 하지만 나는 두 재벌이 먼젓번 여성과 헤어지고 다른 여성을 만나 함께 지내는 그 심리 상태를 헤아려 보았다.

올해 105살의 정정하신 젠틀맨 철학자 김형석 박사도 언젠가 TV 인터뷰에서, 인생 말년에 말벗할 좋은 여성이 생기면 좋겠다고 외로움을 고백한 적이 있다.

최태원, 루퍼트 머독, 그리고 건강한 장수의 귀감 김형석, 이 세 양반의 공통점도 보인다. 내가 보기에 그 공통점은, 곁이 허전했다는 것, 다시 말해 옆구리에 찬바람이 스쳤다는 것이다.

이들 셋 중에 돈 많은 두 사람은 어찌어찌 새로운 짝을 맞이했다. 돈 없고 명예만 있는 김 영감님은 소망만 있을 뿐 짝을 만났다는 소식은 들리지 않는다.

스포츠 볼링을 할 때 자주 쓰이는 흥미로운 용어가 있다. '킹핀king-pin'이다. 줄지어 세워진 핀들을 모조리 쓰러뜨리는 통쾌한 스트라이크를 얻으려면 킹핀을 공략해야 한다. 그래서 킹핀은 '핵심 목표'라는 뜻으로도 쓰인다.

재벌 두 사람은 돈 버는 일에는 킹핀을 잘 공략해 성공을 거두었다. 학자 김형석 교수는 명예의 킹핀을 적중했다.

그러나 세 사람이 마음속 허전함을 채워 줄 '사랑의 킹핀'을 마침내 적중한 것이라고 말하기에는 아직 이른 것 같다. 볼링장의 킹핀은 물건이지만, 사랑의 킹핀 상대방은 사람이기 때문이다.

수많은 유행가에서 노래한, 짝을 만나는 사랑은 변하고 잃고 떠나가고 사라지고 지나가고 퇴색하는, 인생길에서는 일시적인 감정적 사건에 지나지 않는다.

세계 최고의 재벌이었다가 하늘이 일찍 목숨을 거두어 간 스티브 잡스Steve Jobs가 죽기 직전에 남긴 말은, 이 글에서 다시 소환해도 아직 유효하다.

"저는 제 인생에서 얻은 부富를 가져갈 수 없습니다. 제가 가져갈 수 있는 유일한 것은 사랑의 기억들뿐입니다. 사랑만이 진정한 부유함입니다."

돈을 많이 번 사람이 남을 돕는 좋은 일도 많이 하고, 멋진 사랑도 성취한다면 한 편의 훌륭한 기록영화가 될 것이다.

평생 독신으로 사셨던 예수님과 부처님이 이들에게 두 개의 킹핀을 모두 적중시키는 쾌거를 허용할까? 플랜B가 궁금하다.

3부

무한대를 배우다

후박나무가 사람을 연결하다

생각이 솟아나는 일은 그 연원을 알 수가 없다. 아무튼 솟아난 그 생각 하나가 오늘 하루를 굴러가게 했다.

내가 왜 왕복거리 300km나 되는 장흥長興 천관산 아래 그 후박 나무를 보러 갈 생각을 한 걸까. 점심 무렵 장흥을 향해 길을 나섰다. 식사는 가는 길에 고속도로 휴게소에서 국밥으로 해결했다.

장흥 관산읍 삼산리! 440년 되었다는 후박나무가 있는 곳이 었다. 나무는 세 그루였다. 잎사귀들은 싱싱했다. 나무가 늙었다고 늙은 잎이 나는 것은 아니라는 옛말이 생각났다. 크지 않은 잎사귀들은 만져 보니 매끄럽고 탄력이 느껴졌다.

범상치 않은 나무 세 그루가 만들어 낸 그늘은 널찍하고 시원했다. 그늘 아래 소형 자동차 한 대가 주차하고 있었다. 차창이 내려져 있어 힐끗 쳐다보니 나이 지긋한 할머니가 운전석에서 쉬고 있었다.

163

후박나무가 보호수이다 보니 처음엔 그 노인이 관리 당번인 줄 알았다. 빗나간 짐작이었다. 그 양반은 근처 어느 가정집에 다니면서 94살 된 고령 환자를 돌보는 요양보호사였다.

나중에 알고 보니 그 보호사의 나이도 80을 바라보는 70대 후반이었지만, 첫눈에 무척 건강해 보였다.

잠깐 대화를 하게 되었다. 그녀가 돌보는 할아버지는 고관절이 부러지고 잇몸이 심하게 부실해져서 틀니마저 사용할 수 없게 되어, 식사와 빨래를 챙겨 준다고 낯선 나에게 소상히 설명했다.

부인이 먼저 세상을 떠난 할아버지 집에는 도시에서 불러들인 아들과 며느리가 함께 살고 있다고 한다. 하지만 졸지에 도시 생활을 포기하고 이곳 어촌에 내려온 부부는 생계와 일상이 막막해지자 갯벌에 나가 낙지를 잡거나 배를 타고 고기잡이를 한다는 이야기까지 듣게 되었다.

보호사는 또 덤으로 자신의 건강관리 비법까지 전수해 주었다. 작년 봄부터 무와 당근, 우엉, 시래기를 양은 냄비에 충분히 끓여 우려낸 물을 하루 한 컵씩 마셨더니, 몸이 놀랍게 좋아졌다고 신이 나서 말했다.

묵은 병이던 변비가 말끔히 나았을 뿐만 아니라, 시력이 0.6에서 0.9로 더 좋아졌다고 하면서 이걸 누가 믿겠냐고 반문했다. 앞으로 죽을 때까지 그 채소 끓인 물을 마실 작정이라며 나에게도 권했다.

이야기를 듣는 동안 나는 이 양반이 수다스럽다는 생각은 들지 않았다. 하늘이 내린 심성이 친절한 분 같았다.

마침 차에 내가 쓴 책이 두 권 남아 있었다. 혹시 독서를 하시느냐고 물으니, 가방끈이 짧다는 생각에 책을 더 열심히 본다고 반색했다. 나는 책을 건넸다. 그 양반은 무척 기뻐했다.

핸드폰에 담은 후박나무 사진들을 가족과 지인 몇 사람에게 전송한 뒤 곧바로 지리산 귀갓길에 올랐다. 어느새 해가 뉘엿뉘엿 저물었다.

돌아갈 때는 바다를 가까이 보면서 가고 싶었다. 고속도로를 이용하지 않고 시골길을 택했다.

내가 어릴 적 부모님과 추억이 있는 보성 율포해수욕장 쪽으로 방향을 잡았다. 율포 해변 상가 앞길에서, 몇 해 전 냉커피를 사다 우연히 책을 건넸던 인연이 있는 카페 앞을 지나게 되었다.

그때 그 주인이 아직도 있는지 궁금하고 냉커피도 한잔 마시고 싶어 잠시 주차한 뒤 카페로 들어갔다.

반갑게도 주인은 그대로였다. 내가 기억의 실마리를 더듬어 주니 주인은 나를 기억해 냈다. 예정에 없었지만 잠시 얘기를 나누게 되었다.

그때 벙거지를 쓴 스님 한 분이 카페에 들어섰다. 주인과 잘 아는 사이였다. 스님은 조금 떨어진 다른 면에서 혼자 살고 있는데, 가끔 이 카페에 들러 주인에게 김치를 전해 주는 대신에 반찬들을 얻어 가는 맞춤형 상부상조를 하며 서로 잘 지내는 사이라는 걸 알게 되었다.

이제 차에 남아 있는 책은 딱 한 권이었다. 내가 그동안 책을 몇 권 더 썼는데 가장 최근의 책을 선물해 주겠다고 하자, 주인은 반겼다. 책을 건네자 옆에서 지켜보던 스님이 슬쩍 책을 끌어당겨 훑어보는 모습이 눈에 들어왔다.

인연이란 알 수 없이 굴러가는 법이다.

스님은 나에게 어디서 왔느냐 묻더니 구례라고 답하자, 대뜸 천은사와 화엄사에서 과거에 지낸 적 있다고 했다. 그러면서 스님들이 보통 언급하기 꺼리는 자신의 일생 이야기를 하기 시작했다. 스님 눈에 나의 느낌이 괜찮게 비쳐졌기 때문일까.

스님은 자신의 아버지와 형님 또한 스님이었다고 밝혔다. 그리고 자신이 겨우 다섯 살 때 절에 맡겨진 뒤, 성장하여 머리를 깎은 이후에 중고등학교와 대학교를 승려 신분으로 다녔다고 했다. 꼬마 시절에 절에 맡겨진 이유는 인중이 짧아 오래 살지 못하는 관상이라서 아버지 스님이 그렇게 했다는 것이었다.

이 스님의 이야기 중에 인상적인 내용은, 자신이 승려 신분을 유지한 채로 사회에서 오랫동안 직장생활을 했다는 사연이었다.

직장 동료들은 그를 '스님'이라 호칭했다고 말했다.

그는 월성원자력발전소를 거쳐 거제도 조선소에서 큰 선박의 설계도면을 작성하는 중책과 더불어 배가 완성된 직후 배 이름이 부여되기 전에 시험운항을 하는 일까지 도맡아 했다고 한다. 나중에는 임원으로 승진했다고 믿기 힘든 놀라운 이야기를 서슴없이 공개했다.

이야기를 듣다가 내가 이렇게 말했다.

"인생마다 책 한 권씩인데, 스님 인생사는 별나고 두꺼운 책이군요."

스님은 그렇다고 망설임 없이 맞장구쳤다.

해가 저물어 내가 작별 인사를 하며 일어서자, 스님은 대뜸 나의 핸드폰 번호를 물었다. 구례에 갈 일 있을 때 연락하기 위해서라고 했다. 나는 스님의 핸드폰 번호를 물어 맞교환했다. 스님의 법명도 물어 저장했다.

사실은 스님의 특이한 이야기 하나가 더 있었다. 네팔 히말라야에 건너가 1년 반 동안 수행하며 지냈는데, 당뇨약을 복용하지 않았다고 한다. 그때 당화혈색소 수치가 정상권 7을 훌쩍 넘어 무려 12까지 상승하는 바람에 발목뼈가 손상되었는데 그 후 유증을 아직까지 겪고 있다는 것이었다.

스님은 발을 내밀더니 발목 복숭아뼈를 덮은 피부색이 유난히 다른 것을 확인시켜 주었다. 칼로 후빈 적도 있다고 했다. 처

음 보는 그 스님은 처음 만난 나에게 이 모든 이야기를 덤덤한
표정으로 털어놓았다.

돌아오는 길에 오늘 하루를 되짚어 보니, 알 수 없고 묘하다는
생각이 들었다. 멀리서 후박나무를 찾아간 그 첫 단추가, 전혀
몰랐던 요양보호사 할머니와 스님, 두 사람을 만나는 일로 이어
진 것이었다.

종종 겪는 일이지만, 낯선 사람들이 나에게 스스럼없이 자신
의 마음속 이야기를 꺼내는 것은 나로서는 다행스럽다. 살다 보
면 말을 섞기 싫은 사람도 있지 않은가.

구례에 돌아와 산마을 집으로 가는 길에 해 저문 호수에 들렀
다. 또 하루가 서산 너머로 사라지고 있었다.

결혼식에서 인생을 느끼다

"형수님은 잘 계십니까?"

"무릎 관절이 안 좋아서 지팡이를 짚고 다니는데 내가 부축해야 돼. 왕년에 리포터 reporter였던 내가 이제 포터 porter가 됐어. 하하하!"

"선배님 부인께서는 요즘 근황이 어떠신가요?"

"갈수록 좋지는 않아. 치매가 점점 더 심해져서 바로 1분 전 일을 완전히 까먹고 기억을 못 해. 오래된 기억들은 남아 있기는 한데 … . 다른 사람들 앞에서 불쑥 일본말을 하는 바람에 좌중이 어리둥절하고 나는 양해를 구하고 … . 옛날 도쿄 특파원 시절 일본에서 함께 살았던 기억이 맴돌면 그러는 것이겠지. 또 주변 사람들한테 전화해서 엉뚱한 얘기를 하기도 하고 … ."

"형님, 반갑습니다. 오! 손자랑 같이 오셨네요. 형님 손자가 풍기는 기운이 왠지 범상치 않네요."

가까운 후배 아들의 결혼식 자리였다. 나는 점잖은 복장을 하지 못한 채 지리산 복장으로 갔다. 내가 나타나자 후배 부부는 무척 반기면서 그 먼 곳에서 뭐 하러 오셨냐고 미안한 기색을 보였다. 나는 마음이 내켜 의리로 달려왔다고 말했다.

후배는 나와 함께 일했던 방송사 사장을 지냈다. 내가 앉은 하객 테이블 중앙에는 MBC라고 인쇄된 쪽지가 꽂혀 있었다. 우리 테이블에는 왕년에 두드러진 노릇을 했던 흘러간 별들이 모여 앉았다. 본사 사장 출신 두 사람, 포항 사장 두 사람. 강릉 사장, 전주 사장 그리고 나.

다른 몇몇 테이블에는 보도 부문 퇴역 후배들과 비보도 부문 낯익은 임원 출신들이 앉아 있었다. 나는 좌중을 훑어보다가 이내 못마땅한 심정에 사로잡혔다. 현역 임원이나 현역 간부들은 한 명도 보이지 않는다는 걸 깨달았기 때문이다.

세월이 한참 흘렀고 현역 임원들과 연조 차이가 있긴 하다. 그래도 전직 사장을 지낸 선배의 혼사婚事에 현역 후배들이 한 명도 얼굴을 내비치지 않은 것은, 뭔가 도리가 아니라는 생각이 들어 마음이 서운했다.

결혼식 이후 나는 평소 편하게 문자 메시지를 주고받는 어느 현역 후배에게 이렇게 띄웠다.

"인생은 이념살이가 아니라 인연살이일세. 선배들이 어떻게 만든 MBC인데 …. 다른 후배들에게 나의 지적을 전하게."

방송사의 분위기와 풍토가 예전과 크게 달라진 것을 모르는 바 아니다. 하지만 선배의 혼사를 대하는 현역 후배들의 모습이 왠지 많이 모자란 듯하여 기어이 한마디 내뱉은 것이었다.

이튿날 지리산으로 내려가는 길에 충북 괴산으로 향했다. 멀리 돌아가는 길인 줄 알면서 간 것이었다.

800년 묵은 느티나무가 여전히 싱싱한 기운을 내뿜는 곳이었다. 괴산 오가리 느티나무!

그 느티나무 그늘 아래에 한참 동안 앉아 있었다. 밑동이 엄청나게 굵은 그 느티나무는 단순히 식물이 아니라 신령 같은 느낌이 들었다. 고려 시대에 심은 나무였다. 이파리들은 800번째 여름을 맞아 싱싱한 새 생명으로 돋아나 있었다.

해묵은 풍경들이 오래 남아 있다는 것은 암시하는 바가 크다. 현재는 무수한 과거가 쌓여 만들어진 것이다. 지나간 역사를 진지하게 재조명하는 일은 현재와 미래를 잘 바꾸어 나가기 위함일 것이다.

느티나무를 만난 뒤 지리산으로 향할 때 고속도로를 타지 않았다. 괴산 - 청주 미원 - 보은 - 옥천 - 영동 - 무주 - 장수 - 남원의 시골길을 느린 속도로 거쳐 갔다.

구례에 도착했을 때 해가 뉘엿뉘엿 가라앉고 있었다. 마을 가까운 호숫가에 차를 세웠다. 석양 풍경을 핸드폰에 담아 바로 전날 결혼식 테이블에 함께 앉았던 인생길 해묵은 인연들에게 전송했다.

밤에 이부자리에 누웠으나 다리 쑤시는 통증이 도지는 바람에 자정을 넘기도록 뒤척였다. 진통제 한 알을 먹었다.

핸드폰을 열어 아까 낮에 어느 후배의 부인이 보낸 여행 사진을 다시 들여다보았다. 이 후배 부부는 작년에 나의 초대로 지리산을 찾아와 해발 1천 m 형제봉에 힘들여 올라가 장엄한 지리산맥을 보고 갔다.

후배는 오래전에 뇌경색으로 쓰러져 조기 퇴사한 뒤 근년에는 휠체어를 타야만 나들이가 가능했다. 나는 그에게 자신감을 불어넣어 주고 지리산의 특별한 기운을 잘 받아 지니라는 뜻에서 초대한 것이었다.

그 후 후배는 잠실야구장 관중석에 앉아 응원하는 사진을 보내더니, 오늘은 해외여행 사진을 보냈다. 나는 그 사진을 들여다보면서, 방금 진통제로 가라앉힌 나의 다리 통증쯤은 휠체어 사나이에 비하면 감사한 일이라고 생각했다.

휠체어 사나이는 이번엔 내가 그의 위안을 받게 된 줄 모른 채 잠들어 있을 것이다.

좋은 인연은 서로 의지하고 지탱하는 힘이 되는 법이다.

무한대를 배우다

산책로 길이 약 50m. 나의 보폭 30cm로 170보. 한 바퀴 도는 시간 2분. 산책로 모양은 직선이 아니고 둥그런 원형길이다. 산책로 안쪽과 바깥쪽에는 스님이 심어 놓은 상추, 가지, 고추, 케일 등 각종 채소들이 풍성하다.

흙길이다. 맨발로 걸으면 발바닥이 지구를 느낀다. 걷기를 마치면 바로 옆 작은 연못 앞 잔돌을 밟고 서서 물을 몇 바가지 끼얹어 씻으면, 개운함은 찌꺼기 없이 지극하다.

이 산책길의 압권은 풍경이다. 탁 트인 시야에 저 앞에 지리산 최고봉 천왕봉과 제석봉, 중봉, 써리봉이 손에 잡힐 듯 가까이 보인다. 시야 오른편에 반야봉과 노고단이 눈에 잡히니, 지리산맥 주능선 전체가 한눈에 들어온다.

여름에는 한낮 땡볕을 피해 늦은 오후 4시에서 5시쯤 걸으면 햇살이 순해진 태양이 서쪽 숲 너머 나무 위에 맞닿아 숨바꼭질

하듯 뉘엿뉘엿 가라앉는다.

이 산책로는 최고의 명품길이다. 아니 길이라기보다는 깊은 산속에 숨은 정원이다. 숲속 작은 명상터, 즉 '아란야阿蘭若'다.

이곳에서 걸으면 가피와 축복을 듬뿍 받고 있다는 그윽한 충만감이 마음속에 차오른다. 번잡한 번뇌 망상은 스르르 물러나고 마음이 차분하게 가라앉으면서 고요해진다.

이런 곳에서 마음속이 과거에 떨어지거나 미래를 달리고 있다면 어리석기 짝이 없는 짓이다. 지금 이 순간 그냥 놓여 있음을 알아차린다면 그것으로 완전하다.

지리산이 마주 보이는 높은 고갯길 오도재를 함양 마천 쪽에서 올라가다가 왼편 산마을을 통과하여 벗어나면, 더 이상 사람이 살지 않을 것 같은 외딴 오솔길이 끝나는 곳에, 암자庵子가 숨어 있다.

암자를 홀로 지키는 스님은 코로나가 여전히 위협적이던 어느 날, 몸이 크게 고장 났거나 마음이 고장 난 중생들을 위해, 암자 입구 산비탈을 개간해서 텃밭과 산책로를 소리 소문 없이 만들었다.

행동으로 보여 준 보시布施였다. 그 보시는 적중했다. 멋진 일이었다. 아름다운 쾌거였다. 부처님과 보살님들이 스님의 진득한 심중을 잘 살피어 도와준 일이 아니고 무엇이랴!

스님과 나는 오래전에 인연을 맺었다. 스님은 내가 인생길에서 만난 스님들 중에서도 권위나 압박감이 전혀 느껴지지 않는 편안하고 소탈한 분이다.

스님의 얼굴을 대하면 저절로 웃음이 일어난다. 스님 얼굴은 개구쟁이를 연상시킨다. 스님은 일대에서 밥 잘 사 주기로 정평이 나 있다.

암자 마당 허름한 평상에서, 스님이 끓여 주는 차 한 잔의 맛은 고소하기 이를 데 없다. 이때 선선한 바람이 스쳐 지나가면 말이 필요하지 않다. 아! 더 무엇을 바랄까.

스님이 만든 산책로를 날마다 걷는 후배가 둘 있다. 둘은 동갑내기다. 70을 향하고 있다. 둘 다 개성이 뚜렷하다. 웬만한 사내들 열 명을 합친 것보다 두 후배의 심지와 그릇은 훨씬 더 크다.

나는 이 두 후배가 스님의 보시 산책로를 통해 갈수록 건강해져서 오래오래 볼 수 있기를 진심으로 바란다.

스님과 두 후배와 무한대의 그 산책길은 아름답다. 그곳은 지리산의 보물이다. 선한 인연이 마르지 않는 맑은 샘물이다.

같은 시간에 다른 처지에 놓이다

부안 땅에서 중급 규모의 지진이 발생한 날, 북한을 포함한 한반도 육지 전체가 미세하게 흔들렸다.

지진 강도强度와 체감도에 비례하여 부안 사람들의 긴장감이 가장 높았을 것이다. 나도 잠시 긴장된 눈초리로 뉴스를 접하긴 했으나, 직접 느끼지 못한 터라 지진은 한낱 먼 소식에 지나지 않았다.

아침부터 푹푹 찌는 더위 탓에 나의 시간은 일찌감치 지루했다. 땀이 밴 옷가지와 수건과 양말을 세탁기에 돌려 빨랫줄에 널고 나니 이내 더 할 일이 없었다.

글을 몇 장 썼다. 쓰고 나니 점심 무렵이 되었다. 혈당이 조금 낮아진 느낌이 왔다. 뭔가를 먹기는 해야겠다는 생각이 들었으나, 날씨 탓에 식욕도 떨어졌는지 마땅한 먹거리가 떠오르지 않았다.

일단 대문 바깥으로 나서기로 했다. 우선 단골 커피숍에 들러 아이스아메리카노를 챙겼다. 텀블러 빨대를 힘껏 빨자 시원하고 달달한 커피가 입안을 적신 뒤 목구멍을 타고 뱃속으로 내려가는 느낌이 뚜렷해지면서 정신이 차려지는 듯했다.

왠지 밥과 국은 먹기가 싫었다. 끼니를 거르지 않으면서 간단히 요기하고 싶었다. 산수유마을로 올라가는 길에 있는 국숫집이 생각났다. 거기서 열무국수를 먹었다.

'이제 무엇을 해야 하지?'

땡볕이 쏟아지는 끈적끈적한 대낮에 갈 곳은 마땅치 않았다. 산수유마을 그늘진 계곡이 좋겠다는 생각이 들었다.

계곡으로 내려가는 나무계단 옆에서 물레방아가 저 혼자 돌다가 나를 맞이해 주었다. 물레방아 바로 아래에서 하얀 거품을 일으키며 물줄기가 흘러내리면서 시원한 소리까지 곁들여 귀를 사로잡았다.

'옳지! 저기 작은 보洑에 걸터앉아 발을 담그면 딱이겠구나.'

보 위쪽 작은 웅덩이에서 피라미 수십 마리가 신나게 놀고 있었다.

보 가운데를 낮추어 물길이 만들어진 곳에 맨발을 담그니 서늘한 기운이 종아리를 타고 온몸에 전해졌다. 물은 시리지 않고 적당히 시원했다. 발을 담근 채 보 아래로 물이 떨어지는 모양과 소리를 한참 동안 물끄러미 바라보며 귀담아들었다.

문득 서울의 아내와 딸들이 떠올랐다. 핸드폰을 꺼내 나의 왼발과 계곡물 소리를 동영상으로 담았다. 30초 동안 촬영했다. 즉시 전송했다. 가족 외에 떠오르는 몇 사람에게도 보냈다.

잠시 후 애교 많은 막내로부터 즐거워하는 답장이 날아들었다.

"히히, 짱!"

자식에게 '짱' 소리를 들었으니, 나의 시간은 아까의 지루함에서 좋은 날로 바뀌었다.

산마을에 돌아와 대문을 들어서니 단골 길고양이 녀석이 그늘에서 세상 편한 자세로 늘어져 자고 있었다. 고양이의 시간에는 지진도 계곡도 들어 있지 않았다.

이때 어느 지인이 보낸 문자 메시지가 떴다. 바로 얼마 전에 배우자를 잃은 그 지인이었다. 열어 보니 짧은 한마디가 적혀 있었다.

"제가 번아웃이 온 거 같습니다. 당분간 양해 구합니다."

오늘은 49재의 두 번째 재를 지내는 날이었다. 그녀의 시간은 번아웃된 시간이었다.

삶은 매우 개별화된 시간 속에서 같은 방향으로 흐른다.

졸지에 섞이다

화개장터 단골 식당에 저녁 혼밥을 챙겨 먹으러 갔다가 졸지에 그 동네 이웃들 모임에 자의 반 타의 반으로 합석하게 되었다.

식당 주인 부부는 자기들 모임 바로 옆 테이블에서 덩그러니 혼자 식사하는 내가 보기가 민망했는지 합석을 권했다. 그러자 이웃도 나서서 덩달아 합석을 권했다.

나로서는 더 이상 물러설 여지가 없었다. 식당 안주인은 내가 식사를 마치기도 전에 의자 하나를 모임 테이블 앞에 미리 갖다 끼워 놓고서 내가 앉을 자리까지 마련했다. 나는 싫든 좋든 그 빈 의자에 가서 잠시 앉는 시늉이라도 해야 할 처지가 되었다.

모임 일행 중 한 남자가 멀리 고흥 최남단 외나로도 앞바다까지 당일치기로 가서 낚시로 직접 잡아온 생선회를 나누어 먹는 자리였다.

이 낚시꾼은 얘기를 들어 보니 젊은 시절부터 평생 낚시를 즐겨온 상당한 수준의 강태공이었다. 다음 주에도 고흥 앞바다에 다시 갈 작정이라고 했다. 그는 개성이 강해 보였고 좌중의 화제를 대부분 이끌었다.

자리에는 화개장터에서 간식 장사를 하는 그의 아내도 있었고, 식당 주인 부부, 그리고 학교 조리사로 일하는 아주머니와 장터 자영업자 노인 두 사람 등 여섯 사람이 둘러앉아 있었다.

나는 머쓱했지만 선머슴처럼 자리를 어색하게 만들고 싶지는 않았기에, 종종 대화에 끼어들어 이야기를 섞었다.

날은 어두워져 밤하늘에 노오란 초승달이 떴다. 이런 밤에 누군가와 서로 말벗이 되어 두런두런 인생 이야기를 나누면 좋으련만….

좌중의 대화 분위기는 이미 낚시꾼이 자기 개성대로 다소 거칠고 딱딱하게 결을 만들어 놓은 터라 시시콜콜 껍데기처럼 흘러갔다. 그렇다고 내가 이야기의 결을 바꿀 수는 없었다. 자리가 파할 때까지 기다릴 수밖에 없었다.

나는 마음속에서 나오는, 마음을 내비치는 이야기를 좋아한다. 그러다 보니 사실 여러 사람이 모여 이야기가 럭비공처럼 이리저리 맥락 없이 흐르는 걸 별로 달갑지 않게 여기는 편이다. 그렇다고 어찌하겠는가.

다행히 자리는 길게 늘어지진 않았다. 각자의 하루가 고단하고 피곤한 점이 적당한 시간에 자리를 파하게 만들었다.

작별 인사를 한 뒤 차에 올랐다. 캄캄하고 인적이 끊긴 섬진강 변 그 길을 또 달렸다.

달리면서 생각했다. 나는 역시 혼자인 편이 더 낫다고. 낯선 여러 사람이 모인 자리에 끼는 일은 딱 여기까지가 한계점이라고. 왠지 그런 자리에는 어울리지 않는다고. 예전과 다르게 나 자신이 많이 바뀌어 간다는 걸 자각했다.

산마을에 돌아와 안에 아무도 없는 대문을 열 때, 다시 밤하늘을 올려다보았다. 북두칠성北斗七星이 어김없이 빛나고 있었다. 구들방 스위치를 켰다.

이 작은 공간에서 나는 다시 혼자가 되었다.

아무것도 나를 방해하는 것은 없었다.

그리움에는 상대가 없다

"그리움엔 상대가 없어요. 그리움은 말로 특정할 수 없어요."

TV를 보다가 백전노장 같은 어느 유명 여가수가 진행자와 잠깐 주고받은 대화에서 툭 내뱉은 한마디가 내 가슴에 깊숙이 꽂혔다.

즉석 질문에 대한 즉석 답변이었다. 젊은 진행자는 가볍게 물었으나 나이 지긋한 그 가수의 대답은 묵직했다.

인생길에서 온갖 우여곡절을 지나온 끝에 그리움이라는 감정이 매우 단단한 결정체처럼 자리 잡았기에 저런 말을 저렇게 깊숙하게 말할 수 있게 되었으리라.

말하자면, 그 가수는 인생길에서 그리움을 수없이 겪으면서 수없이 노래 부른 끝에, 마침내 그리움은 그녀의 마음속에 옹이처럼 들어박힌 보석이 된 것이다.

처음에는 그리움의 상대방과 그리움의 대상이 있었다가, 그

185

리움이 상처가 되고 아픔이 되는 고통을 겪었을 것이다. 그리고 그리움이 마음을 흔드는 방황이었다가, 결국에는 그리움의 폭과 깊이가 더해지면서, 마침내 그리움으로부터 해방되어 그리움의 시달림을 더 이상 받지 않게 된 경지에 이른 것이리라.

그녀에게 그리움은 너무나 힘겨워 내려놓을 수밖에 없는 무게로 다가왔을 것이다. 그 내려놓음을 끊임없이 되풀이했을 것이다. 그리하여 단련되었을 것이다.

사람의 감정이란 그것이 마음속에서 오래 지속될수록 껍질을 더 벗거나 무르익으면서 마침내 발효되어 묵은 차※처럼 깊은 향기와 깊은 맛이 우러나는 과정을 밟게 되는 것 같다.

그리하여 그리움이란 수도원의 수도사와 암자의 수행자에게 오로지 침묵으로 녹아드는 것처럼, 용해되어 마음밭에 비료로 쓰일 것이다.

내가 젊은 시절 좋아했던 노래 중에 〈그리움만 쌓이네〉라는 노래가 있다. 노래 제목이던 그리움은 이제 나이 70을 넘기니 108개의 염주 알 가운데 하나가 된 듯하다.

이 글을 읽는 당신이 당신의 처지에 따른 수많은 감정들을 소화할 때, 그 감정들이 개별화된 물꼬를 따라 하염없이 흐르다가 마침내 도착하는 곳은 드넓은 바다가 될 것이다.

바다에는 목적지가 없다. 그리움에는 상대가 없다.

이웃을 다른 장소에서 반기다

한마을에서 함께 이웃하며 사는 사람이라도 마을이 아닌 장소에서 마주치면 반갑다. 낯선 사람들 사이에서 아는 사람을 만나면 나의 자발적 고립은 잠시 누그러진다.

들판을 지나다가 논일을 하는 동갑내기 허 씨를 만났다. 읍내 장터에서는 마을 조카들과 그 아버지를 만났다. 오늘은 운이 좋아 반가움을 두 번 맛보았다.

언제나 생글생글 웃음 짓는 허 씨는 내가 사는 집의 전 주인이었다. 따지고 보면 단순한 부동산 거래의 상대방이라기보다는 굉장한 인연이라는 생각이 든다.

그는 마을 어귀에 집을 지어 살고 있다. 근처 논에서 농사를 지으며 지낸다. 일을 마치면 여기저기 잘 다니면서 사람들과 어울리는 것을 즐긴다. 성격이 활달하고 좋은 사람이다.

그러나 사실 허 씨를 마주칠 때 번번이 작은 망설임이 일어난다. 그는 한창 열심히 논일을 하는데, 차라리 그냥 모른 척하고 지나가 그를 방해하지 않는 것이 예의가 아닐까 잠깐 머뭇거리게 된다. 한편 그와 내가 사는 내막이 다르다 보니 얼굴 대하는 일이 드물어 논 앞에서라도 대면 인사를 나누면 좋은 일이란 생각도 든다.

한번은 이런 시답잖은 고민을 다른 이웃에게 얘기했더니, 그 해결책을 이렇게 말해 주었다.

"그냥 지나치면서 자동차 경적을 가볍게 빵 울리면 되겄제!"

기막힌 절충안 같았지만, 나로서는 웬지 아닌 듯했다. 인사를 나누는 일은 직접 얼굴을 대하면서 서로의 음성을 주고받는 게 가장 바람직하다는 믿음 때문이었다. 접촉면이 생략된 약식 아는 척은 뭔가 어정쩡한 것 같다.

오늘도 그를 저 앞에 발견하는 순간 몇 초 동안 갈등했다. 결국 차를 세우고 차창을 내려 한마디를 건넸다.

"더운디 애쓰네."

그러자 그도 한마디를 던졌다.

"어디 가?"

"어디 좀 가는 길이여."

마을 아랫집 사는 태남이와 여동생 두 자매 그리고 그의 아버지는 장날이면 내가 종종 고구마튀김을 사 먹는 가게 앞 공용 테이블을 지나가다 맞닥뜨렸다. 부녀 셋이 식사를 기다리는 것 같았다. 중년의 두 자매는 부모를 잘 챙기는 효녀들이었다.

"어머니는 안 보이네?"

"네, 어디 좀 가셨어요."

나는 자매의 아버지에게도 말을 걸었다.

"날씨가 더운데 건강 잘 챙기시오."

대문 밖을 나서서 하루 종일 다녀도 반가움을 맛보는 일은 생각보다 드물다. 만나기로 약속하지 않았는데 아는 이웃을 우연히 마주치는 것은, 곰곰 생각하면 선물 같은 일이다.

마음이란 좋은 일을 만나면 좋은 마음이 된다.

순한 사람들을 만나면 순한 마음이 된다.

시선을 피해 새 삶을 꾸리다

남을 바라보는 시선에 따듯함과 이해와 응원이 담겨 있지 않고 뒤에서 쑤군거릴 때, 그런 시선을 받는 당사자는 따가움과 버거움과 불편함을 느끼게 마련이다.

후배 J가 오랜만에 전화를 걸어 뜻밖의 소식을 전했다. 30년 가까이 살았던 남원에서 낯선 김제로 거처를 사실상 옮겼다고 귀띔했다. 그로서는 일생일대의 중대한 결심을 하여 선택한 일이라는 걸 직감했다.

"여기는 아는 사람이 없는 곳이라 오히려 마음이 편해요."

"그러냐? 잘됐구나. 잘했다!"

60대 중반을 향해 가는 그 아우에게 수더분하고 심덕 좋은 짝꿍이 생긴 것이 거처를 옮기게 된 발단이었다.

나는 아우에게 이렇게 말했다.

"부처님이 너한테 인생 후반에 큰 가피를 내린 모양이다. 하룻밤 풋사랑에 빠질 나이도 아니고, 너의 짝꿍과 둘이서 잘 의지하면서 잘 살길 바란다. 조만간 찾아가마."

전화기 너머로 아우가 말했다.

"형님, 보고 싶어요!"

두 해 전 입적하신 큰스님이 살아 계실 때, 우리 셋은 마음 잘 통하는 삼총사였다.

아우와 통화하다가 뜻밖의 소식을 또 하나 듣게 되었다. 우리 두 사람의 지인이던 외톨이 K가 두 달 전에 세상을 떠났다는 소식이었다. 아마 고독사孤獨死인 것 같다고 전했다.

작년 여름 그를 찾아가 함께 점심을 나눈 게 마지막이 될 줄이야. 죽음 중에서도 가장 처절한 고독사라니 ….

내가 듣게 된 두 가지 소식은 뚜렷한 대조를 이루었다. 남은 인생을 원하는 대로 알콩달콩 잘 살아 보려는 이야기와, 외로움에 몸부림치다 지쳐 끝내 삶을 포기하고 마감한 이야기.

두 이야기는 상반된 것이라기보다는 삶 속에 '빛과 그림자'가 함께 버무려져 있음을 새삼 깨우쳐 주었다.

살아가는 모습과 죽는 모습은 매우 개별적이다. 불행하고 안쓰러운 인생을 살다가 떠나는 모습이 우리 주변에서 눈에 띈다면 거기에는 틀림없이 암시가 있을 것이다.

불행은 바라보는 사람에게 새겨야 할 가르침이다. 사는 동안 과연 어떤 모습으로 살아야 하는지에 대해, 불행은 우리에게 분명히 일러 주는 것이 있다.

불행하게 살다가 불행하게 죽고 싶은 사람이 어디 있으랴마는, 그럼에도 그런 사람들이 실제로 눈에 띈다는 것은 삶에 눈을 똑바로 뜨라는 이치가 담겨 있을 것이다.

머지않아 나는 김제 땅을 찾아가 후배와 한잔 나누면서 정겨운 잔을 부딪치고 추모의 잔을 비우게 될 것이다.

수감자가 독후감 편지를 보내다

어느 교도소 수감자가 내가 쓴 책을 읽게 된 모양이었다.

그동안 출간된 7권 가운데 한 권이 아니라 무려 6권을 열심히 읽었다고 편지에 적었다. 다른 수감자와 심지어 교도관에게도 내 책들을 읽어 보기를 권했다고 편지에 썼다. 요약하면, 내 책을 통해 위안을 받았다는 내용이었다.

이 수감 독자는 내 책을 출간한 출판사 대표에게 긴 편지를 보냈다. 출판사 대표는 그 편지를 내가 볼 수 있도록 메신저로 보내 나도 읽게 되었다.

책이란 세상에 나오는 순간부터 그 자체의 생명력과 인연에 따라 일일이 알 수 없는 독자를 만나게 된다. 하지만 내 책들이 교도소와도 인연을 맺을 줄은 예상치 못했다.

보람 있고 의미 있는 일이라 생각하지만, 내가 쓴 글에 대한 무한책임은 나에게 귀착된다는 점에서 다시 한번 마음을 가다듬는 계기가 되었다.

노트북 키보드를 사용하지 않고, 지금도 연필로 원고지에 눌러 쓰며 몸으로 체감하면서 글자 하나와 단어 하나를 섬세하게 선택해 글을 '밀고 나간다'는 어느 유명 작가의 고백이 떠오른다.

생전에 순천 송광사 높은 고개 불일암에서 많은 글을 썼던 법정스님의 육필 원고는 지금도 스님의 방에 보관되어 있다. 스님의 육필 원고지들은 다른 사람이 도저히 알아볼 수 없을 정도로 빽빽하게 고치고 또 고친 흔적이 역력하다는 이야기를 여러 해 전에 다른 스님으로부터 전해 들었다.

그만큼 글쓰기가 결코 가벼운 마음으로 상대할 일이 아니라는 무게감을 느낀다. 나의 글은 나의 마음밭에서 생산되는 것이니, 글쓰기도 자기 수행의 파생물이자 업보가 된다는 점을 헤아려야 한다.

고심하고 또 고심하여 마침내 추슬러지는 결과물의 탄생 과정 전체는, 스스로 경계심을 갖고 매 순간 꾸준히 챙겨야 할 무거운 숙제인 동시에, 정직함과 겸손함의 비료를 주어야 성장하게 될 것이다.

내가 한 일이 다른 사람의 인생길에 조금이라도 보탬이 되도록 나의 글쓰기가 이루어진다면 얼마나 다행스럽고 감사한 일일까. 진심에서 우러난 글이 아니라면 쓰레기를 만든 것이나 마찬가지일 것이다.

간절히 기원하는 절실한 마음가짐이 나에게 필요할 것이다. 나 자신에게 정직해지는 첫 단추를 잘 꿰어야 한다.

자신을 60대라고 소개하며 이름을 밝힌 그 독자에게 머리 숙여 감사드린다.

그녀는 나의 다음 책을 기다리고 있다고 기대감을 내비쳤다. 나의 일곱 번째 책이 이미 나와 있다는 걸 모르는 것 같았다.

나는 출판사 대표에게 나의 일곱 번째 책을 이 독자와 교도소에 몇 권 선물하는 게 좋겠다고 권했다. 출판사 대표는 같은 생각이라고 나에게 응답했다.

책이든 책이 아닌 다른 것이든, 인연이란 참 알 길이 없다.

스님이 아호를 선사하다

스님이 홀로 지내는 산중 암자 마당에서 저 멀리 겹겹이 산들이 보였다. 맨 뒤에 보이는 마지막 산봉우리는 지리산 천왕봉이었다.

암자 발치에는 마을이 내려다보였다.

밤이 되자 암자 근처 논에서 개구리 울음소리와 산짐승의 울음소리가 들렸다. 부엉이 소리도 뒤따랐다.

해질 무렵 저녁 하늘과 어둠이 내린 밤하늘에는 달이 유난히 두드러졌다. 암자 지붕 위에는 북두칠성과 북극성 여덟 개의 별이 뚜렷이 반짝였다.

스님이 멀리 경상북도 오지 영양英陽의 깊은 산속에서 이곳 경상남도 함양咸陽 안의安義 땅으로 거처를 바꾸게 된 데는 고민과 사연이 있었다.

영양 산속 외딴 암자에서 지낼 때 어느 날 뇌졸중으로 쓰러져 하마터면 아무도 없는 산중에서 속수무책으로 혼자 죽을 뻔했던 일이 계기가 되었다고 했다.

죽음에 대한 두려움은 없지만, 그런 곳에서 그렇게 떠나 버리면 그 뒤에도 자칫하면 여러 사람에게 폐를 끼칠 수 있겠다는 생각이 들었다고 했다. 스님은 무려 두 시간이나 걸려 겨우 찾아온 구급차에 실려 다행히 목숨을 건졌다고 이야기했다.

스님과 나의 인연은 어느 가을날 암자 마당에 흐드러진 국화꽃 향기에 취해 스님 혼자 마시던 몇 잔의 술에서 비롯되었다.

스님은 너무나 외로워 누군가와 대화라도 나누고 싶다는 생각이 간절하던 끝에 딱 한 번 짧게 대면했던 내가 불쑥 떠올라 전화를 걸었다. 그때 스님이 그렇게 심정을 내비쳤던 기억이 있다. 나는 그곳 영양 깊은 산속에 두 번 찾아갔다.

스님은 우여곡절과 고생 끝에 이곳 함양 산중에 소박한 새 거처를 완성하자마자 나를 초대했다. 몹시 추웠던 지난겨울에도 쉬지 않고 집 짓는 작업을 한 결과였다. 얼마나 춥고 얼마나 고독했을까.

스님은 지리산에서 지내는 나를 지리산이 보이는 산방에서 다시 만나니 감회가 새롭다고 했다. 산방으로 올라가는 오솔길 초입에는 스님이 이름 지어 적은 '두곡산방'이라는 팻말이 세워져 있었다.

두견새 울고 두견화 피는 산골에 몸뚱이 하나 눕힐 방이라는 뜻이려니 짐작했다.

나를 보자 스님은 이제 마음이 후련하다면서 기분 좋은 기색이 역력했다. 붓글씨와 먹그림에 솜씨가 좋기로 정평이 난 가는 툇마루에서 지필묵紙筆墨을 가져와 글씨를 쓰기에 그런가 보다 하며 쳐다보았다.

그때 스님이 나를 힐끗 보면서 말했다.

"내가 처사님과 인연을 맺어 처사님 살아가는 모습을 보면서, 처사님에게 아호雅號를 지어 부르면 편할 것 같아서 생각해 둔 아호가 있는데 '만유萬遊'입니다.

중국 명나라 시절 어느 선비가 남긴 글귀죠. 독만권서讀萬卷書 행만리로行萬里路! 만 권의 책을 읽고 만 리를 다닌다는 뜻입니다. 여기서 길路이라는 글자를 즐겁게 다닌다는 뜻으로, 유遊라는 글자로 살짝 바꿔 '만유' 두 글자로 뽑아 본 겁니다. 처사님에게 어울리는 이름 같은데 어떠세요?"

나는 깜짝 놀라 이렇게 말했다.

"아니, 저는 70 평생에 호號를 가져 본 적이 없는데요. 주제넘게 스스로 호를 짓거나 다른 사람이 저에게 지어 준 적도 없습니다. 하지만 스님이 그렇게 하시고 싶다니 그저 분에 넘치게 받아들여야겠군요. 허허허!"

스님은 내가 보는 앞에서 글씨 여러 장을 구겨 내버렸다. 글씨가 스님 마음에 들 때까지 여러 번 썼다. 마침내 합격한 글씨에 스님의 낙관落款을 찍고 곱게 접어 봉투에 넣은 후 나에게 건넸다. 스님의 법명法名도 적어 넣었다.

'육잠六岑!'

나는 스님의 글씨를 정중한 마음으로 받았다. 받는 내 마음은 뿌듯함과는 거리가 멀었고 가슴이 뭔가 묵직해지는 느낌이었다.

스님은 나와 밤늦도록 이야기를 나누다가 방에 주무시러 들어갔다.

그 뒤에 나는 혼자 마당을 이리저리 거닐었다. 시간은 자정을 향해 가고 있었다. 스님이 손님을 재우는 객방에 드러누워도 바로 잠이 올 것 같지 않았다. 선선한 밤기운을 쏘이자 정신은 오히려 맑아졌다.

이윽고 차에 시동을 걸고 암자를 조용히 나섰다. 정신을 바짝 차려서 아주 느린 속도로 산길을 조심조심 내려갔다. 평지에 이르러 차를 멈추고 시동을 껐다. 차에서 내렸다.

생수통을 꺼내 얼굴과 목덜미를 적셨다. 개운했다. 잠시 그곳에서 밤하늘을 올려다보았다. 몸과 마음이 차분해졌다.

다시 차에 올라 느린 속도로 밤길을 천천히 달렸다. 아는 길이 나왔어도 속력을 내지 않았다.

마침내 탈 없이 지리산 아래 내 거처에 도착했다. 시간을 보니 숫자도 가지런히 1시 11분을 가리키고 있었다.

스님의 글씨를 구들방 책상 오른쪽 벽에다 붙였다. 앞으로 자주 쳐다보게 될 글씨이고 볼 때마다 스님을 떠올리겠구나 생각했다.

스님의 외로움과 고독이 종이 한 장에 오롯이 담겨서 나에게 수시로 전해질 참이었다.

스님의 글씨는 우리 둘 사이를 더욱 밀착시키는 인연의 징검다리가 될 터였다.

평생 나를 따라다닌 인연이라는 두 글자의 연유緣由는 그날 밤에도 여전히 더 이상 알 수 없는 물음표가 되었다.

맞물려 회전하다

나는 한밤중 새벽 2시에 익숙하다. 날마다 그런 건 아니지만 이 시간에 깨어 있을 때면 나는 살아서 작동하는 생명체라는 것을 자각하게 된다.

이 시간에 나는 속수무책이면서 두 개의 톱니바퀴가 맞물려 돌아가는 느낌을 받는다. 톱니바퀴 하나는 내 몸이다. 다른 하나는 마음이다. 몸의 나는 생리적인 덜 깨어남으로 어정쩡하다가 마음의 나와 맞물리면서 차츰 균형점을 찾는다.

잠들어 있던 나를 깨운 것은 작은 통증이었다. 나의 발과 다리에 가끔 찾아오는 이 통증은 오래전 직장 시절에 '근막염'이라고 진단이 내려져 완치되지 않았다. 이젠 지병이 되어 가끔 나를 들쑤시는데 오늘 또 도진 것이었다.

통점痛點은 양다리와 발 중에서 그때마다 제멋대로 바뀌는데 오늘 밤엔 왼쪽 새끼발가락에서 느껴졌다. 쑤시고 찔러대니 깰 수밖에 없었다. 다행히 오늘은 극심하지 않고 그런대로 견딜 만했다. 통증으로 자다가 깨면, 누워 있어 보았자 언제 멈출지 알 수 없으니 차라리 일어나 움직이는 게 나았다. 결국 통증 덕분에 나의 몸과 마음이 맞물려 작동하는 걸 바라보게 된 것이다.

지금 이 시간에는 천지사방이 캄캄하고 고요하다. 암흑이다. 암흑은 공평하기에 개별적인 나는 저 혼자서는 아무런 소용이 없다. 지금은 몸의 시간이라기보다는 마음의 시간이다.

마음의 시간이 개별적 톱니바퀴와 개별성을 뛰어넘은 알 수 없는 또 하나의 톱니바퀴에 맞물리면서 동시에 작동하고 있다. 동시에 돌아가는 톱니바퀴가 두 개라야 나의 정신작용이 확인 가능해진다. 부분이 전체에 연결되어 전체를 알아차리게 만들고 전체가 부분을 동시에 굴려 두 개가 결국 하나임을 알게 해 준다.

암흑인 동안 암흑의 손아귀를 빠져나가는 일은 불가능하다. 그러는 사이에 몸은 새벽 동트기를 기다린다. 몸은 날이 밝아지기를 기다린다. 나는 지금 일터에서 야근하고 있는 게 아니다. 나는 지금 산자락 구들방에 있다. 이런 처지의 나로서는 날이 밝아야 비로소 몸을 몸답게 활동시킬 수 있다.

엄밀히 말하자면 몸의 활동도 개별적인 내가 시킨다고 볼 수 없다. 그냥 그렇게 작동하도록 되어 있는 것이다. 어떤 시스템이 모든 생명체들에게 공평하게 암흑과 빛 두 가지의 조건 아래 놓이게 하는 것이다.

나는 생명의 작동법을 느끼지만 무엇이 나를 그렇게 작동하도록 조치하는 것인지에 대해서는 전혀 아는 바가 없다. 나에게는 모든 것을 알아차리는 의식意識이 있지만, 그것은 개별적인 게 아니라 당신에게도 있는 공통 보편적인 것이다.

당신과 나는 똑같은 공통점이 있기에 우리는 소통이 가능하다.

당신과 나도 두 개의 톱니바퀴다. 맞물려야 나는 당신을 인식하고 당신도 나를 인식한다.

그러나 당신과 나는 각자 마음속에서 눈을 떠야 만날 수 있다.

당신과 나 둘 중 어느 한쪽이 개별성에만 빠져 있거나 둘 다 개별성에 빠져 있으면, 우리는 만날 수 없고 서로 인연 없는 사이가 된다. 엇갈리는 것이다.

함께 같은 것을 알고 느끼는 '공감'이란 장치와 회로가 있음은 큰 선물이다.

당신과 내가 숲속을 나란히 걷거나 강변에 나란히 앉아 있다면 우리는 침묵해도 연결돼 있을 것이다. 거기엔 군이 언어가 오갈 필요가 없다. 책을 읽을 때, 글 쓴 사람과 읽는 사람은 대면하지 않아도 소통한다. 서로 직접 말하지 않아도 밀착한다.

우리가 살면서 다른 인생을 만나 인연을 맺는 이렇게 하나 되는 장치를 누가 만들었을까. 참 다행이다.

세상이 인공지능 시대로 빠르게 바뀌고 있는 현상에도 무언가 깊은 뜻이 있을 것이다.

처음으로 먼 길을 포기하다

길이 멀다는 이유로 길을 포기한 것은 처음이었다. 왕복 630km를 다녀오려던 생각을 접었다.

사실 먼 길 다녀올 채비를 마치고 대문까지 잠근 뒤 마을을 나서고 있었다. 그런데 뒷머리에 어지러움과 무거움이 느껴졌다. 기분 나쁜 이 증세는 평소에도 종종 느꼈지만 하필이면 길 떠나려는 오늘 아침에 좀 더 강하게 의식되었다.

길가에 차를 멈춘 채 잠시 망설였다. 마음은 가고 싶은데 몸이 신통치 않았다. 행선지는 인천 어느 병원 장례식장이었다. 내비게이션에 입력해 보니 가는 길만 315km였다.

당뇨 정기진료차 서울에 갔다가 며칠간 가족들과 보낸 뒤 지리산으로 돌아온 직후였다. 평소 가깝게 지내는 후배 P가 부음을 알려왔다. 치매증세가 있는 아내를 자식들이 사는 인천으로 보내고 혼자서 평창 고향 집을 지키며 농사를 짓는 아버지가 3주전에 전동차가 넘어져 머리를 다쳤는데, 치료를 받다가 끝내 돌아가셨다는 얘기였다.

후배는 과거에 내가 동해안 어느 방송사 책임자로 일했을 때 3년간 나를 태우고 다니던 부하 직원이었다. 심성이 매우 착한 사람이었다.

그와 나는 퇴직 후에도 서로 잊지 않고 연락했다. 가끔 내가 동해안을 여행할 때 얼굴을 보며 인연을 꾸준히 이어온 터였다. 여러 해 전에 그의 가족 4명을 지리산으로 초대한 적도 있었다. 3박 4일 동안 나는 운전대를 잡고 그 가족을 태우고 다녔다.

이 정도의 인연이라면 문상을 직접 하는 것이 좋았으련만, 결국 그러지 못했다. 나는 조위금만 보내고 나서 그에게 양해를 구했다.

슬픔 속에 장례를 치를 후배를 생각하니 직접 만나서 위로하지 못한 나의 마음은 찜찜했다. 당사자로서는 평생 한 번 치르는 경조사를 챙기지 못하면 마음속에 두고두고 빚처럼 남을 것이다.

몸뚱이가 탈 없이 움직여야 남에게 사람 노릇을 제대로 할 수 있다는 걸 앞으로도 유념해야겠다. 하지만 나의 유념은 플랜A일 뿐 플랜B가 관건이다.

어제 오랜만에 만난 비구니 스님도 활기찼던 이전과 다르게 조금씩 변화하는 게 느껴졌다. 스님의 오른쪽 손목에는 파스가 붙어 있었다. 여성의 몸으로 암자 생활을 혼자 꾸려야 하니 고된 육체노동은 피할 길이 없었다.

나는 스님에게 챙겨 간 도토리묵 두 모를 내밀었다. 인연 좋은 날에 함양 산중으로 새로 이사 온 스님과 셋이 만나서 식사를 함께 나누면 좋겠다고 말했다. 비구니 스님도 흔쾌히 받아들였다.

그날이 오면 참 좋은 날이 될 것이다.

전화 한 통에 바로 달려오다

참 후련하고 잘된 일이었다. 갈수록 더워지는 날씨에 무려 한 달이상 끌어왔던 답답함을 단 한 방에 속 시원하게 뻥 뚫어 버린 반전이었다.

무엇을 고치는 솜씨를 발휘하기는커녕 망가뜨리기를 더 잘하는 어설프고 서투른 나의 어수룩함이 전화 한 통에 기분 좋은 일로 바뀔 줄이야.

여름철에 매우 요긴한 필수품 방충망 이야기다.

비좁은 단칸방에서 창도 없이 아궁이 가까운 쪽에 만들어진 작은 쪽문으로 드나들면서 지내는 나에게 쪽문은 특별한 의미를 지닌다. 바깥세상으로 나가게 하고 들어와 편히 쉴 수 있게 해 주는, 나의 일상생활에서 가장 중요한 문이다.

이 쪽문으로 드나든 지 어느덧 10여 년이 되면서 마침내 방충망이 탈을 일으켰다. 아니 내가 탈을 낸 것이었다.

좌우로 열고 닫는 이 방충망이 어느 날부터 뻑뻑해지면서 드나들 때마다 성가시게 굴었다. 있는 힘껏 밀어서 열고 또 힘껏 잡아당겨 닫기를 몇 차례 하다가, 마침내 꿈쩍도 하지 않게 되었다.

나는 무슨 화풀이도 아니고 느닷없이 망치를 가져와서는 방충망 틀을 사정없이 두들겨 팼다. 실수는 갈수록 태산이 되었다. 틀은 틀대로 휘어지고 레일 기능을 하는 아래턱 날까지 울퉁불퉁 구부러져 망가지고 만 것이었다.

멀쩡했던 방충망은 성미 급한 주인을 잘못 만난 것에 복수라도 하듯이 결국 미동도 하지 않았다.

나는 몸을 옆으로 비켜서 드나들게 되었다. 엎친 데 덮친 격으로 더운 날씨에도 작은 격자 쪽문을 닫아 둘 수밖에 없었다. 그렇지 않으면 모기와 하루살이와 각종 날벌레들이 자유롭게 드나들기 때문이다.

그런데 더 큰 문제에 봉착했다. 도시에서는 얼른 일손을 불러서 해결하면 되지만, 산골에서는 그런 과정 자체가 녹록지 않은 일이었다.

가끔 마을에 나타나던 방충망 수리 트럭도 최근에는 오지 않았다. 읍내에 연락을 취해 보았자 수리공은 일감 같지도 않은 하찮은 푼돈 벌이에 출장 수리를 하러 올 턱이 없었다.

이제 남아 있는 해결 방법은 마을 이웃 중에 맥가이버를 찾아

도움을 청하거나 가까운 지인에게 도움을 요청하는 길뿐이었다. 그런데 마을 이웃들은 대부분 독거노인들이거나 농번기에 온종일 들판에 나가 일하는 경우가 많아서 차마 이야기를 꺼낼 엄두조차 나질 않았다.

사정이 이렇다 보니 차일피일 미루다가 한 달을 넘기고 말았다. 낮에는 그렇다 치고 밤이 되면 선선한 바람이라도 시원하게 드나들어야 하는데 문을 닫고 지내야 하니 고역이었다.

쪽문과 방충망을 쳐다볼 때마다 한마디로 스트레스의 연속이었다. 날씨는 연일 폭염이라 더 이상 미루지 않고 서둘러 문제를 해결해야 하는 극한 상황에 놓이게 된 것이었다.

이제는 주변에 푸념하면서 우는 소리를 내야 한다는 생각이 들었다. 신세를 지고 폐를 끼치는 수밖에 없었다. 더구나 우는 소리를 들어줄 상대도 평소 친숙하면서 도와줄 만한 솜씨를 가진 사람으로 특정하여 물색해야 해결 방법이 찾아질 듯했다.

머릿속으로 만만한 후배와 지인들을 한 명씩 떠올리며 압축해 나갔다. 그러다 농장을 하며 지내는 후배가 떠올랐다. 그 후배는 농장에서 온갖 잡일을 많이 겪어 본 후배였다.

전화를 걸었다. 더운데 잘 지내느냐 묻고는 방충망 이야기를 꺼냈다. 방충망의 현재 상태를 핸드폰으로 찍어 전송했다.

"아아, 그러세요. 형님! 제가 연장 몇 개 챙겨서 곧 갈게요."

나의 설명은 시시콜콜 길었고 그의 반응은 짧고 간결했다.

이윽고 후배가 나타났다. 엄청나게 반가웠다.

후배는 면장갑을 끼더니 방충망을 이리저리 살피면서 문제의 핵심을 파악했다. 방충망 아랫부분이 레일 사이로 다녀야 하는데 나의 망치질 탓에 레일 턱에 올라앉아 꽉 끼어 버린 것을 발견했다.

수리 작업이 시작되었다. 잠시 후 방충망 아랫부분이 레일 사이 원위치로 되돌아가 놓였다. 쪽문이 다시 별로 힘들이지 않고도 쉽게 열리고 닫혔다.

'이런, 이런, 저렇게 손보면 될 것을!'

나의 미련함과 아둔함이 분명히 드러나는 순간이었다.

작업은 불과 30분 만에 끝났다. 한 달 넘게 방치된 미련퉁이 짓이 한순간에 쾌거로 바뀌었다. 나도 모르게 유쾌한 웃음이 터져 나왔다.

"이야, 너 대단하구나! 정말 고맙다! 너를 진작 부를 걸!"

나의 만족하는 모습에 후배는 뿌듯한 미소로 화답했다.

최근에 다른 후배가 챙겨 주어 잘 간직해 두었던 아일랜드 고급 위스키를 얼른 가져와 방충망 맥가이버에게 건넸다. 얼마나 귀하고 맛좋은 위스키인지 강조하면서 고마움을 생색으로 갚았다. 조만간 식사도 한번 쏘겠다고 다짐했다.

후배가 물러간 뒤 나는 구들방에 앉아 방충망을 몇 번 열고 닫으면서 기쁨과 속 시원함을 만끽했다. 방충망을 한참 쳐다보며 헤벌쭉 웃었다. 누가 봤더라면 조금 모자란 사람으로 보였을 것이다.

방충망은 이제 하찮은 물건이 아니었다. 끝내주는 반전 스토리와 오래 기억될 추억이 담긴 방충망이 되었다.

그리고 생각해 보니 방충망을 마침내 잘 고친 일도 좋았지만, 그보다 나의 전화 한 통에 곧바로 달려와 기꺼이 수고해 준 후배의 마음에 더 큰 감동이 밀려왔다.

근사한 저녁식사를 하며 혼자서라도 자축하고 싶었다. 화개장터 단골 레스토랑으로 향했다. 주인 부부에게 방충망 쾌거에 대해 너스레를 떨고 나서 토마토 파스타를 주문했다. 기분 좋게 먹으니 맛도 더 좋았다.

식사를 마치고 섬진강을 따라 돌아올 때 저녁노을이 물들어가고 있었다. 능선 바로 위에서 기다란 구름 한 조각이 황홀한 핑크빛으로 두드러졌다. 잠시 차를 세웠다. 그 구름을 찍어서 고마운 후배에게 전송했다. 가족들과 몇몇 가까운 이들에게도 보냈다.

잠시 후 멀리 사는 다른 후배 녀석에게서 응답이 왔다. 열어 보니 짝꿍과 둘이 어느 바닷가 등대 앞에서 다정하게 포즈를 취하고 있었다. 물어보니 여수 밤바다에 번개로 내려왔다고 자랑했다. 가뜩이나 붉은 저녁 바다를 아예 불태워 보라고 부추겼다.

나는 자동차 안에서 혼자 흥얼거리며 애청하는 음악방송을 켰다. 진행자가 잔잔한 노래 한 곡을 소개했다. 〈유월의 어느 밤〉이라는 노래였다. 사실 나를 위한 노래나 마찬가지였다.

얄궂었던 방충망 하나가 그 후 모든 세상을 아름답게 바꾸어 놓았다는 걸 알아차리게 되었다.

구들방에 다시 어둠이 내렸다.

방충망은 잘 닫힌 채 그리고 쪽문은 활짝 열린 채 선선한 바람을 불러들였다. 이 밤과 오늘 있었던 이야기를 오래오래 잘 기억해야 할 것 같다.

나의 이야기를 읽는 당신의 집 방충망도 당신에게 특별한 의미가 되기를 … .

그리고 고맙다, 모기들아! 방충망을 탄생시켜 주어서.

교만인우 交萬人友 하다

오랜 친구가 전화를 걸어 저녁밥 같이 먹자고 번개를 쳤다. 지리산에서 빗길을 달려 섬진강 상류 친구의 시골집으로 향했다.

그가 힘겹게 다시 국회의원 배지를 달고 여의도 국회의사당에 재입성한 이후로 오랜만에 얼굴을 보는 순간이었다.

나는 그가 또다시 분주해진 터라 언젠가 틈이 생기면 보게 되겠지 하면서 잠자코 있었는데, 아마 내가 생각났던 모양이었다.

"국회 본회의장에 300명이 앉아 있는데, 훑어보니 나이로는 내가 두 번째더라고. 허허허!"

"거봐! 우리가 어느새 그렇게 된 거야. 그러니 자네도 이번이 마지막인 것으로 알고, 후배들과 차별화해서 뭔가 품격이 다르고 경륜이 묻어나는 큰 노릇을 잘하길 바라네. 후배들 고함치고 싸움질하는 데에 함부로 끼지 말고 ….."

나는 그에게 나라 바깥 세계를 잘 들여다보면서 국내 정치의

저급한 우물에 빠지지 않도록 유념하여, '보다 성숙한 좌파, 보다 성숙한 우파'를 지향해 보라고 충언했다.

그러는 사이 그의 아내는 지리산에서 독거노인으로 지내는 나의 일상을 잘 알고 있는 터라, 오랜만에 집밥을 대접하겠다며 방금 텃밭에서 따온 싱싱한 상추를 열심히 씻고 있었다.

평소 젓가락이 잘 가지 않는 홍어도 푹 쪄서 내놓으니 먹을 만했다. 김치도 사각사각 기가 막혔고, 토하젓에 상추쌈을 먹으니 천하일미였다. 나는 모처럼 과식을 했다.

친구 집을 나설 때 그 아내는 애호박 다섯 개와 누룽지를 담아 내밀었다. 나는 캄캄하고 호젓한 산골 밤길을 편안한 마음으로 천천히 달렸다.

읍장을 하는 고향 후배가 점심을 함께하자고 했다. 둘이 마주 앉아 육회비빔밥을 맛있게 해치웠다.

후배는 읍장 노릇이 올해로 마지막 직책이 될 것이며 내년에는 안식년을 거쳐 퇴직한다고 신상 소식을 귀띔했다. 군청 공무원으로 35년을 일했다고 덧붙였다.

"자네는 활쏘기 취미가 있으니 주한 벨기에 대사 부부를 구례로 한번 초대해 보게. 그 사람도 한국의 활쏘기를 취미로 익혔다는군. 서로 좋은 인연이 될 수 있을 것 같아서. 신문에서 그 대사 부부 이야기를 읽었는데, 그 대사도 임기 말년이라더군. 부인은 한국 사람인데 은퇴하면 함께 팔도를 여행하면서 활쏘기도 하고 자유롭게 살고 싶다고 하더군."

나는 한마디 더 보태며 후배를 부추겼다.

"대사 이름이 '봉탕'인데, 봉탕이란 프랑스어로 '좋은 시절'이라는 뜻이지. 은퇴하면 좋은 시절을 보내야 하지 않겠는가."

읍장과 점심을 함께했던 곳 가까운 어느 건물에서는 최근 우연히 인사를 나누게 된 다른 후배가 작은 기념품 가게를 지키고 있었다.

"지리산과 구례가 최고 관광지라면서 제대로 된 토속 기념품도 변변치 않고 온통 싸구려 중국 기념품만 판치니 부끄러운 일 아닙니까? 그래서 몇몇 뜻있는 사람들끼리 각자 비용을 분담해서 이 가게를 꾸리게 된 겁니다."

참 장한 생각이었다. 나는 그를 성원하는 의미로 내가 쓴 책 한 권을 그에게 건넸다.

어제는 장맛비가 부슬부슬 내리는 김제 모악산 고갯길을 넘어 얼마 전 짝꿍 인연을 맺은 돌싱 커플을 찾아갔다. 나이 들어 만난 두 사람을 격려해 주기 위해 내가 세 번째 번개를 친 것이다. 길은 왕복 200km였다.

사내치고는 요리 솜씨가 뛰어난 후배는 우렁된장찌개를 맛있게 차렸다. 나는 밥그릇을 싹싹 긁어가며 한 그릇을 비웠다.

후배는 요리뿐만 아니라 목각에도 조예가 깊었다. 그는 짝꿍에게 서프라이즈 선물로 줄 요량으로 그녀의 얼굴을 조각한 작품 사진을 슬그머니 메신저 창에 띄워 자랑했다.

나는 모른 척하기는커녕 그 사진을 즉시 그 누이에게 전송하고는 이렇게 적었다.

"누이 생애 최고의 선물!"

서로 아끼면서 잘 지내라며 두 사람의 등을 토닥거리고 작별할 때, 후배 녀석은 도시락 통을 내밀었다. 아까 식사 때 내가 무무침을 엄청 맛있게 먹는 걸 보고 얼른 다시 만들어 담은 것이었다. 누이는 수박을 담아 얹어 주었다.

이리하여 나는 순창에서 얻은 누룽지와 김제에서 얻은 무무침으로 오늘 아침식사를 맛있게 먹을 수 있었다.

옛사람이 이르기를, 교만인우交萬人友하라!

인생 최고 선물은 다른 인생을 만나는 일이라 하지 않았던가.

같은 호수를 다르게 돌다

저녁 호수에 갔다. 호숫가를 걷고 싶었다.

낮의 끄트머리가 밤의 첫머리를 불러들이는 동안에, 환하게 보이는 것들과 어둠을 머금은 것들이 공존했다.

바람이 멈추어 물결은 잔잔했다. 먹구름이 미처 다 덮지 못한 틈 사이로 내민 파란 하늘이 먹구름을 압도했다.

내가 터벅터벅 걸을 때, 한 사내가 건장한 근육질 몸매를 과시하며 뜀박질로 나를 앞질렀다. 내가 되돌아올 때, 사내는 어느새 호수 전체를 한 바퀴 빙 돌아 이번엔 나의 정면에서 달려왔다. 그는 50대로 보였다. 가슴팍에 '마라톤 아카데미'란 영문이 큼지막하게 새겨져 있었다. 그는 힘이 넘치는 듯 또 한 바퀴를 달렸다.

달릴 수 있는 그는 달렸고 걸을 수 있는 나는 걸었다.

호수를 도는 사람이 또 하나 있었다. 자전거를 타는 사람이었다. 자전거 속도는 느린 편이었다. 그가 나를 스쳐 지날 때 얼굴을 보니 60대 같았다.

뛰는 50대와 자전거를 탄 60대 그리고 걸어가는 70대, 이렇게 세 사람이 호수를 돌았다. 호수는 사람이 뛰어가든 타고 가든 걸어가든 상관없이 고요하고 무심했다.

노부부가 벤치에 앉아 있다가 일어나더니 나란히 걷지 않고 각자 핸드폰을 귀에 대고 간격을 벌리며 누군가와 통화를 했다. 80 가까워 보이는 늙은 사내와 늙은 아내는 걷는 일에는 관심이 없는 모양이었다.

몸을 움직이는 50대와 60대, 70대, 세 남자가 호숫가를 돌고 있었고, 더 늙은 부부는 그들의 자동차 가까이에서 따로 떨어져 각자 상대방과 통화하고 있었다.

이때 30대로 보이는 젊은 여자가 작은 강아지의 목줄을 잡고 강아지 속도에 맞추어 성큼성큼 걸어가는 게 보였다. 젊은 여자는 자신의 산책보다는 강아지의 산책에 더 신경을 쓰는 듯했다.

내가 조금 더 걷다가 마지막으로 맞닥뜨린 사람이 두 명 더 있었다. 둘은 낚시꾼이었다. 둘의 등 뒤에는 두 대의 차량이 트렁크를 열어 놓은 채 주차하고 있었다. 두 낚시꾼은 간이의자에 앉아 호수에 드리운 낚싯줄을 쳐다보고 있었다.

저녁 호숫가에 모두 여덟 사람이 여덟 가지 모습으로 있었다. 뛰는 사람, 타는 사람, 걷는 사람, 통화하는 사람, 강아지 산책 시키는 사람, 그리고 낚시하느라 앉은 사람이 있었다.

짐작하건대 가장 늦게까지 호수에 남아 있을 사람은 가만히 앉아서 낚시하는 사람이지 싶었다. 그리고 이 여덟 사람이 각자의 세상사를 다해 마치고 죽은 뒤에도 계속 남아 있을 것은 결국 호수일 게 분명했다.

산마을로 돌아오는 길에 나에게 남아 있는 시간을 또 짚어 보았다. 아무래도 터무니없게 길게 잡을 수는 없었다. 나의 생각과 소망이 나의 실제 수명을 늘려 주진 않는다는 것쯤은 깨닫고 살아가야 할 것이다.

나의 시간이 다하면 나는 시간의 근원인 어느 공간으로 편입되는 것일지 모른다. 그것이 아니라면, 애당초 있지도 않은 시간을 마치 있는 것처럼 착각하고 살다가 사라지는 것일 수도 있다.

시간은 실재하지 않는, 필요성과 상상의 가假건축물과 같다고 일깨운 어느 수행자의 가르침이 떠오른다. 조선시대 서산대사가 남긴 불서佛書《선가귀감禪家龜鑑》에 이런 글귀가 있다.

"본성은 태어난 바 없고 죽을 때에도 어디로 가지 않는다."

이 가르침에 비추어 본다면, 시간은 애당초 그 길이를 재는 게 불가능하다.

시간은 시작도 끝도 없다. 시간이란 무한대의 공간에 있는 영원과 같은 뜻이다.

여기에 죽음의 두려움을 벗어날 탈출구가 보인다.

지금은 지금이다

"다음은 다음이고 지금은 지금이다!"

어느 날 예고 없이 불쑥 찾아와 바다를 보러 언제 갈 거냐고 생뚱맞게 채근하는 가출한 조카에게 늙은 삼촌이 대답하는 말이다. 독일 감독이 만들고 일본 배우가 주연을 맡아 도쿄에서 촬영한 영화 〈퍼펙트 데이즈Perfect Days〉에 나오는 대사다.

주인공은 화장실 청소부라는 생업에 어쩔 수 없이 묶여 살면서도, 하늘을 향해 높이 뻗어 있는 나무들을 날마다 쳐다보고 방금 흙에서 태어난 여리디여린 새싹을 곱게 캐서 작은 단칸방에 들여놓고 정성껏 보살핀다. 또한 책 읽기와 사진 찍기, 구식 카세트테이프에 담긴 서양 노래 듣기를 좋아하는 노년의 사나이다.

영화 속 주인공의 대사는 거의 없는 편이다. 마지막 장면은 운전하는 주인공의 얼굴이 클로즈업되면서, 인생의 희로애락이 뒤섞인 만감이 교차하는 표정을 지으며 끝난다.

거대한 도시에 살면서도 외로운 한 인간이, 날마다 똑같이 되풀이되는 지겨운 일상 속에서 소소한 즐거움과 타인에 대한 연민, 자연에 대한 동경심을 버팀목 삼아 살아간다는 줄거리다.

나는 이 영화를 구례에서 순천까지 찾아가 보았는데, 다른 영화들과 다르게 하루에 딱 한 번 상영했다. 그런 줄도 모르고 극장에 오전에 갔는데, 상영 시각은 오후 4시 40분이었다. 구례로 돌아갔다가 상영 시각에 맞춰 극장에 다시 와도 충분히 여유가 있었다. 하지만 시간을 때우기보다는 시간을 누리고 싶었다.

극장에서 멀지 않은 바닷가로 향했다. 순천 해룡면과 여수 율촌면 그리고 멀리 고흥반도에 둘러싸인 여자만 갯벌로 갔다. 월요일인 데다가 비까지 부슬부슬 내리는 바닷가는 여행객이 거의 보이지 않고 한산했다. 나는 해안선을 따라 느린 속도로 가다가 차를 자주 멈추었다. 멈추면 차에서 내려 근방을 어슬렁거렸다.

나중에 영화를 보면서 느꼈다. 주인공과 나는 근본적 고독감이 많이 닮았고 놓인 환경은 많이 다르다는 것을. 한 가지는 완전히 똑같았다. 그도 나도 '지금'밖에 없다는 것. '지금'을 벗어나 살 수 없다는 것. 어떤 모습으로 살든 '지금은 지금'이란 것.

사실 아까 영화를 보기 전에 그리고 영화를 본 뒤 시골집으로 돌아올 때, 서울에서 잇달아 세 가지 소식이 메신저 창에 날아들었다. 공교롭게도 세 가지 소식의 공통점은, 저마다 나와 오랜 인연이 있는 세 사람의 과거 유명 앵커 출신이 '지금' 무엇을 하고 있느냐에 관한 소식이었다.

이들 세 사람의 구체적 이름을 들먹이지 않고 그냥 A, B, C라고 표현하겠다. 메신저 창에 뜬 A의 소식은 그가 과거에 나와 함께 몸담았던 방송사의 재단법인 이사 공모에 지원했다는 것이었다. B는 전남 광주에 인공지능 강연차 내려가는 중이라고 했다. C는 유튜브에서 어느 인공지능 전문가와 대담을 나누고 있었다.

이들 세 사람의 '지금'이 나타내는 공통점은 '퇴역 후 변신 중'이란 점이었다. 또 하나의 공통점은 이들 셋 모두 이제 나이를 꽤 먹었다는 점이었다. 하필 늙어가는 사내가 주인공으로 나온 영화를 본 날에, 하필 한때 유명했다가 이젠 나이 먹은 옛 앵커들이, 하필 비슷한 시간에 연달아 나에게 다가온 것은 무슨 조짐일까?

내가 산마을 거처에 도착하는 순간에 서울 집사람에게서 문자 메시지가 왔다.

"이모님 입관을 방금 마쳤어요."

작년 말 장모님이 입관했던 병원에서 일곱 달 만에 이번에는 장모님의 언니가 입관한 것이었다. 일생 내내 희로애락의 '지금'을 살았던 한 인생이 '지금' 입관한 것이었다.

'지금'은 예나 지금이나 똑같았다. 내일 아침에 다시 눈을 뜨면 나는 '지금'을 맞닥뜨리게 될 것이다.

'퍼펙트 데이즈'는 '지금' 안에 있다.

후련하다

비가 억수로 쏟아지는 섬진강 아랫길을 느리게 운전할 때, 내 차 앞뒤로 아무도 없을 때, 나의 가슴속은 후련하기가 이루 말할 수 없다.

이럴 때에는 라디오에서 흘러나오는 클래식 음악도 듣기 싫은 소음에 지나지 않는다.

차창과 차 지붕에 후드득후드득 빗방울 부딪치는 소리, 부웅 부웅 엔진 소리, 그리고 빗물 고인 지점을 지날 때 쏴아 하며 바퀴가 빗물을 훑어내는 소리!

이렇게 세 가지 소리만 들릴 때, 그 어떤 음악이나 노래보다 듣기에 가장 편하다.

어떤 말도 전혀 필요하지 않으며 어떤 생각도 군더더기에 불과하다. 그런 순간엔 나 자신을 되찾은 것 같아 맑고 개운하기가 이를 데 없다.

이럴 때 다만 한 가지 아쉽고 부족하게 느껴지는 게 있다. 내가 나무들처럼 애당초 옷이라는 거추장스러움을 걸치지 않고 있는 그대로 비에 흠뻑 젖지 못한다는 점이다.

비를 온몸으로 송두리째 받는 나무와 잎사귀와 나를 비교하면 나는 아직도 제대로 진화하지 못한 덜떨어진 존재 같다는 열등감마저 든다. 나무와 잎사귀들은 춥거나 감기에 걸릴 염려 자체가 없을 테니 언제 보아도 꾸밈없이 의연하다.

나무들 사이로 보이는 강물은 누런 흙탕물이면서도 세상에서 가장 투박하고 고운 색깔로 다가온다. 그 색깔은 눈을 어지럽히지 않는다. 강둑 높은 곳까지 가득 차올라 거칠게 흐르는 강물은 위험수위만 넘기지 않는다면 장하기가 짝이 없다.

이런 순간과 이런 공간에서 나는 전혀 어울리지 않는 부자연스러움에 사로잡힌다.

내가 할 수 있는 일이라곤 비에 젖지 않은 차 안에서 마치 비를 피하여 다행인 것처럼 앉아서 그저 멀뚱멀뚱 바라볼 뿐이니 한심스럽기 짝이 없다.

차를 세우고 내리더라도 정자 지붕 아래에서 비를 피한 채 바라보는 것 말고는 할 줄 아는 게 없고 할 수 있는 게 없다.

여기에서 나는 자연이 인간세상보다 훨씬 뛰어나고 위대하다는 것을 수긍하게 된다.

저 나무들과 저 초록빛 잎사귀들과 저 누런 강물은 내가 세상에서 사라진 뒤에도 여전할 것이다.

이런 곳, 이런 상황에서는 내가 무엇을 하며 살아왔는지는 전혀 중요하지 않으며 철저히 무색하다.

나는 그저 최대한 정신을 가누어 최대한 깨어난 마음으로 자연에 '접속'될 뿐이다.

이 특별한 체험을 당신에게 몇 줄의 글로 전한다는 것은 무모하다. 당신에게 기회가 온다면 당신이 할 수 있는 일은 아마도 내 옆에 그냥 말없이 앉아서 나처럼 물끄러미 바라보는 것뿐일 것이다.

살다 보면 가끔 말이나 글이 오히려 장애물이 되는 경우가 있다. 그럴 때 당신과 나에게 정작 필요한 일은 침묵 속에 그냥 '놓이는 것'이다. 그래야 우리는 가장 근접한 지점에 다가설 수 있다.

살아가는 일은 마음속이 눈뜨는 일 말고는 달리 아무것도 아니다.

빗줄기가 세차게 퍼붓는 섬진강에 혼자 놓일 때 이루 말할 수 없게 후련하다.

이전엔 있었으나 이후는 모르다

인생은 흙에서 태어나 흙으로 돌아가는 일이다.

성경에 나오는 최초의 인간 아담Adam은, 조물주가 흙으로 빚고 숨을 불어넣어 탄생시켰다는 의미에서 흙의 히브리어 '아다마'를 어원으로 삼고 있다.

얼마 전 세상을 떠난 지리산 동갑내기의 저세상 가는 길이 극락이 되라고 절에서 불교의식으로 지내는 '끝재'가 오늘 있었다. '끝재'는 49일 동안 일곱 차례 드리는 기도 불공의 마지막이다.

나는 아침 일찍 일어나 산 너머 산청 땅 그 절을 향해 나섰다. 도착하니 끝재는 오전 9시 30분부터 이미 시작되어 진행 중이었다. 나는 첫재 때와 마찬가지로, 가족들이 법당 안에서 참석하는 동안 법당 바깥에서 재齋를 지켜보며 마음과 기도를 보냈다.

재는 낮 12시 30분까지 꼬박 세 시간 동안 길게 계속되었다. 재의 마지막 순서로 법당을 나와 스님들이 목탁을 치고 염불을 하며 앞장섰고, 영정影幀을 든 가족들이 그 뒤를 따라 소각장으로 향했다.

소각장 앞에서도 짧은 의식이 올려졌다. 재를 지내는 데에 사용되었던 종이와 헝겊으로 만든 용품들이 잠시 후 불길 속에 던져졌다. 떠난 사람의 아내는 남편의 영정도 불길 속에 넣었다. 어제까지 많은 비가 쏟아졌던 하늘은 개어 있었다.

재를 모두 마친 뒤 스님들과 가족들은 함께 점심을 먹을 참이었다. 나는 혼자서 절을 나섰다. 나설 때 멀리 당진에서 온 스님을 잠깐 뵙고 자동차 기름값을 담은 봉투를 건네드렸다. 스님과는 나중에 따로 연락하기로 했다.

돌아가는 길에 나는 별난 장소로 향했다. 그 장소는 정말 별난 곳이었다. 나는 엄두를 내었다.

대낮에도 자동차나 사람의 발길이 거의 없는, 간이 작은 사람은 감히 엄두도 못 내는 깊은 산속 좁디좁은 외길이었다. 잡초가 무성하여 길 가는 내내 자동차 옆구리에 풀들이 스치면서 삐익 삐익 경고음이 쉴 새 없이 울렸다.

함양 휴천 땅 송전마을에서 산속 십 리 오솔길을 이리 구불 저리 구불 더듬듯 기어가듯이 1단 기어로 매우 느리게 가까스로 전진했다. 마침내 견불사見佛寺 팻말이 보이자 드문드문 외딴집들이 나타났다. 그제야 나는 긴장을 풀었다.

다시 산 아래쪽을 향해 조심조심 내려가자 송내마을이 모습을 드러냈다. 나는 큰 숨을 길게 내쉬었다. 나는 왜 까닭도 없이 이런 낯설고 험한 길에 호기심이 빌동하는 것일까. 두려움은 들지 않았다.

아까 산속에서 위험한 순간이 있긴 있었다. 비좁은 길 때문은 아니었다. 내 엄지손가락 두 개를 합친 것만큼이나 큼지막한 왕벌 한 마리가 처음 보는 자동차의 운전석 차창을 마치 노크하듯 부딪치면서 위잉위잉 위협적으로 큰 소리를 냈다. 이때 차 안쪽은 인간세상이었고 차 바깥은 야생이었다.

마침내 아스팔트길이 나타나면서 계곡 물소리가 들렸다. 유명한 용유담이었다. 여기서부터는 낯익은 길이었다.

계곡 다리를 건널 때 문득 기억 하나가 불쑥 솟았다. 몇 년 전 이 근처에서 30대에 사고로 생을 마감한 청년이 떠오른 것이었다. 그 청년은 아까 끝재를 지낸 고인의 아들이었다.

나는 이 장소를 찾아오려고 계획했던 것이 아니었다. 참으로 공교로운 일이었다. 그 아버지의 재를 지낸 절에서 산속 십 리 길을 어렵게 통과하여 내려선 곳이 그 아들이 떠난 장소였다.

나의 플랜 A와 전혀 상관없이 펼쳐진 플랜 B였다.

나는 이 두 사람을 다시 떠올리며 마음속으로 염불했다. 두 사람은 세상을 떠나기 '이전以前'에 분명히 내 앞에 있었다. 그러나 지금 나는 이 두 사람이 떠난 '이후以後'에 대해 전혀 아는 바가 없다.

살아 있는 사람끼리 죽음을 마무리 짓다

끝재를 지낸 다음 날 세 사람이 만났다.

아들에 이어 남편까지 떠나보낸 당사자 아주머니와 나, 그리고 재를 도와준 스님, 이렇게 셋이 점심을 함께했다. 스님과 아주머니가 나에게 연락했다.

"스님과 선생님이 제일 편한 분들이어서 보자고 했어요."

아주머니 말을 스님은 묵묵히 들었다. 내가 대답했다.

"그동안 애쓰셨소. 보살님한테는 지금이 가장 중요한 순간 같습니다. 지금 마음 정리를 잘해야만 앞으로 사는 일도 무난하지 않겠습니까? 남편은 떠나셨으니 가슴에 잘 묻으시고, 살아 있는 사람은 열심히 살아가는 수밖에요. 이젠 남편을 챙겨야 할 일도 없어졌으니 다시 일상으로 차분히 되돌아가시길 바랍니다."

우리 세 사람의 대화 분위기는 무겁지 않았다. 내가 물었다.

"남편과 함께 살던 집에서 혼자 지내는 건 잘 적응하고 있지요?"

"네, 집에 혼자 있어도 아무렇지 않아요."

그녀 마음속 허전함은 스스로 다스려야 할 몫일 것이다. 어쨌든 그녀는 옆에서 보기에 와르르 무너진 사람 같지 않고 대범하게 상황을 받아들이는 것처럼 느껴졌다.

우리 세 사람의 대화에서 죽음과 위안에 관한 것은 이렇게 마무리되었다. 대화는 자연스럽게 마음과 수행에 관한 이야기로 바뀌었다. 스님이 말했다.

"화두나 염불은 사람이 인식하고 분별하고 판단하는 머릿속 작용에 대해 일종의 '작전'을 펴는 방편입니다. 이를테면 독을 가지고 독을 제거하는 것이지요. 마음공부가 깊어지려면 계속 '의심'이 강화되어야 합니다."

잠시 후 우리 셋은 식당에서 나와 자리를 옮겼다. 아주머니가 후배에게 들었다며 바래봉 근처에 근사한 카페가 있다고 하여 거기로 갔다. 깔끔하고 널찍하며 치장을 잘해 놓은 리조트였다.

그 카페에서 우리 셋은 각자 마실 음료를 주문하다가 직원의 권유에 흥미로운 세트 메뉴를 선택했다. 뜨거운 물에 족욕足浴 30분, 음료, 양말 한 켤레 선물, 이렇게 세 가지를 합쳐 한 사람당 1만 원이라는 것이었다.

"그래요? 그럼 우리 셋이 생전 처음 별스러운 짓 한번 해보죠."

내가 부추기자 스님과 아주머니는 흔쾌히 따랐다. 족욕탕은 카페 바로 옆에 붙어 있었다. 졸지에 우리 셋은 뜨듯한 물에 편안히 발을 담근 채 음료를 마시며 이런저런 가벼운 담소를 나눴다.

이윽고 주차장에서 작별 인사를 나눌 때 왠지 서운하다고 내가 너스레를 떨자 스님이 말했다.

"처사님하고 술 한잔 마셔야 하는데 … . 다음엔 그리합시다."

산마을로 돌아오다가 호수 앞에 차를 멈추었다. 비가 그친 저수지 풍경은 한 폭의 정갈한 그림이었다. 나는 그 풍경을 찍어 가족과 몇몇 지인에게 전송했다.

대문을 열고 구들방으로 다가서는 순간 평상 위에서 자그마한 청개구리가 폴짝 뛰는 광경이 눈에 띄었다.

"어어? 너 또 왔구나!"

그런데 오늘은 바로 그 옆에 또 한 마리가 보였다. 청개구리 두 마리를 본 것은 오늘이 처음이었다. 청개구리 두 마리는 어김없이 나의 핸드폰에 찍혀서 서울로 추가 전송되었다.

구들방에 들어와 잠시 앉아서 오늘 하루 나들이를 되짚어 보았다. 아까 스님과 아주머니를 만나기 직전에 비 내리는 서어나무숲에 나는 혼자 있었다. 조금 여유 있게 나서서 그 숲을 보고 싶어 간 것이었다.

숲을 혼자 거닐다가 가족 잃은 지인에게 다가가고, 스님에게 한 수 배우고, 호수를 거닐고, 청개구리 두 마리를 만나고.

오늘도 참 좋은 하루였다. 감사한 순간들이었다.

아침이슬 김민기 사라지다

싱어송라이터이자 연극과 뮤지컬 연출가였으며, 나서지 않는 사회운동가였던 김민기라는 인물에 대하여, 그를 직업으로 분류하여 호칭하는 것은 적절치 않다고 생각한다.

그가 살았던 인생길이 훌륭하다, 멋지다는 표현도 어울리지 않는 것 같다.

내가 그를 표현한다면 그는 '향기로운 인간'이었다. '뿌리 깊은 나무'였다. '홀로 핀 야생화'였다.

나보다 두 살 위였던 그는 줄곧 같은 시대를 살았다.

내가 20대 초반 새파란 청년 시절 군복무를 했을 때, 이미 그의 노래는 보초 서는 사병의 입에서 자주 불리고 있었다. 서울대를 다니다가 입대한 또래들의 이야기 속에 그가 자주 등장했던 기억이 난다.

그 후 30년이 흘러 내가 방송사 보도국장이었을 때, 당시 박

영선 기자(훗날 중소벤처기업부 장관)가 김민기를 인터뷰하여 뉴스에 보도한 인연이 있다.

그가 어제 73세로 세상을 떠났다. 그의 별세는 미국 대통령 선거에 재도전한 바이든이 병들고 쇠약해져서 후보 사퇴 압력을 받던 끝에 중도 하차를 선언한 날과 겹쳤다.

그가 떠났다는 부음이 전해진 날, 나는 충남 논산 양촌면 대둔산 아래 어느 깊은 계곡을 혼자 거닐고 있었다.

마침내 사라진 그의 소식은 각종 미디어를 통해 국민들에게 알려졌다. 나는 부음을 접한 직후에 낯선 어느 계곡에서 요란한 소리를 내며 흐르는 물살을 물끄러미 바라보고 있었다.

나는 그곳에서 김민기의 명복을 빌었다.

그리고 무척 아쉬워했다. 선한 영향력을 곳곳에 스며들게 했던 자유로운 꽃 한 송이가 떨어져 내가 알 수 없는 곳으로 사라진 것을.

계곡을 나선 나는 완주 땅으로 접어드는 긴 고갯길을 넘어 고산미소시장으로 갔다. 장날은 아니었다. 그 시골길과 그 장터가 마음에 들어 그냥 간 것이었다.

마침 절기상 가장 덥다는 대서大暑였다. 시장 입구 땡볕 아래에서 80이 넘어 보이는 노인이 조그만 좌판에 양파와 대파를 올려놓고 대책 없이 앉아 있었다. 오가는 발길은 없었다. 화장실에 갔다가 나올 때 노인은 파라솔을 느리고 어설픈 동작으로 접고 있었다.

저 앞에 다시 지리산이 보일 때, 아까 나의 문자 메시지를 통해 김민기의 별세 소식을 들었던 후배 세 사람이 잇달아 답장을 보냈다.

"건강 잘 챙기세요."

"고인의 명복을 빕니다."

"운전 조심하세요."

나는 세 후배에게 이렇게 응답했다.

"70이 넘은 사람의 건강은 본인이 관리하는 게 아니라, 하늘이 관리한다."

산마을 나의 거처 대문을 열고 다시 구들방 평상 앞을 지날 때, 나 없는 사이 집을 지키고 있던 손톱만 한 청개구리가 폴짝 뛰어 존재를 알렸다. 청개구리에게 미소를 보냈다.

아침에 서울 아파트 마당에서 아내와 작별 인사를 나눈 지 7시간 만이었다.

수녀님과 사장을 드디어 연결하다

낮은 폭염이었다. 밤은 열대야였다. 온종일 전국이 가마솥더위에 끓었다.

나도 잠을 길게 자지 못하고 한밤중에 더워서 깬 적이 한두 번이 아니었다.

이렇게 유난스러운 불볕더위 속에서 누구를 찾아간다거나 맞이한다거나 소개하는 일은 뒤로 미루어야 마땅할 것이다. 하지만 새로 인사를 나누게 될 두 사람 모두 흔쾌히 응했다.

무더위를 무릅쓰고 내가 지리산에서 멀리 대구까지 달려갈 의향이 있음을 내비치자, 각각 대구에 사는 수녀님과 후배 H는 이미 나를 통해 상대방에 대해 들었던 터라 마침내 같은 날짜에 동의한 것이었다.

후배는 대구에서 지역방송사 사장이었다. 그리고 인연이 좋으려는지 마침 가톨릭 신자이기도 했다. 수녀님은 진주 성당에서 봉직하다가 대구 성당으로 자리를 옮겼다. 공교롭게도 후배는 그 직후에 대구 방송사 사장으로 부임했다.

나는 후배가 가톨릭 신자라서 수녀님에게 소개하려던 게 아니었다. 나도 지역방송사 사장을 지낸 적 있지만, 사장 노릇을 하다 보면 대개는 그렇고 그런 딱딱하고 이해利害가 얽힌 일에만 관심을 쏟기가 십상이었다.

더구나 낯선 지역에 부임한 사장은 처신하기가 까다로워 마음 편하게 개인적 인간관계를 맺기란 쉬운 일이 아니었다. 그러다 보니 객지에 홀로 내려간 한 인간으로서는 지내는 일상이 자칫 빈껍데기마냥 흘러갈 공산이 컸다.

후배는 심성이 맑고 착한 친구였다. 나와 오래된 좋은 인연이었다. 통상적으로 성당은 방송사가 상대할 만한 대상은 아니다.

하지만 나는 후배에게 역발상의 아이디어를 조언했다. 지역방송사 사장이 지역 성당 교구와 인연을 맺어 양쪽이 합심하여 공익에 보탬이 될 궁리가 이루어진다면 참 좋은 결과를 낳지 않겠느냐고 귀띔했다.

더 나아가 평소 소홀했던 신앙생활도 해보고, 내가 인증하는 멋진 수녀님을 알게 되어 인간적 소통까지 가능해진다면 뭔가 알차고 의미 있는 일이 펼쳐질 수 있지 않겠느냐고 말했다.

후배는 말귀를 금방 알아들었다. 내가 그를 각별하게 여긴다는 점을 잘 받아들였다.

대구를 향해 출발하는 날 이른 아침에 나는 복숭아 특산지로 유명한 순천 월등면, 내가 아는 과수원에 들렀다. 날씨가 더운 탓에 이동하는 날 즉석에서 포장해 에어컨이 작동하는 자동차에 싣고 가서 선물하면 더욱 맛있게 먹을 수 있을 것 같아서였다.

나의 메신저 창에 초대된 수녀님과 후배에게서 반가운 답장이 떴다.

"더운 날씨에 '대프리카'(대구 날씨가 아프리카처럼 무척 더워 생겨난 속칭)에 오신다니 미안하긴 한데 한참 못 뵈어 보고 싶어요. 대구 사장님! 벌써 친해진 느낌입니다."

"테레사 수녀님! 인사가 늦었습니다. 프란체스코입니다. 구 선배! 회사로 오셔서 저와 함께 성당으로 가시죠."

나는 후배에게 자동차 번호와 차종, 색상을 알려 주었다. 고속도로를 달릴 때 수녀님의 편지가 메신저에 떠올랐다.

"스님 살아 계셨을 적에 우리 셋이 함께 갔던 피정의 집에 지난 달 머물렀는데, 쏟아지는 장맛비에 스님 생각이 많이 났어요. 스님이 빗소리를 무척 좋아하셨는데 … ."

인연은 인연을 낳고, 인연은 돌고 돈다.

작은 것이 큰 것을 부르다

한밤중에 소변이 마려워 깬 덕분에 다른 누구보다 가장 먼저 일어나 가장 먼저 가을에 들어서게 되었다.

간밤에 일찍 잠들었더니 잠깐 깨어난 몸과 의식이 다시 잠 속으로 되돌아가지 않고 자연스럽게 깨어난 상태가 되었다. 더 이상 졸리지 않았다.

시계를 보니 새벽 두 시 반이었다. 달력을 쳐다보니 오늘이 입추立秋였다.

산자락 구들방에서 몸과 의식 상태는 나를 새로운 시간과 새로운 공간 속으로 부드럽게 밀어 넣었다.

깨어난 나의 현재에 바로 어제 나에게 벌어졌던 가장 가까운 과거가 생생하게 되살아났다. 그 일은 퍽 인상 깊은 작은 사건이었다.

해발 1천 m 높은 산꼭대기에서 우연히 마주친 사람이 나에게 따끈한 차 한잔을 그것도 매우 정중한 격식을 차려 내밀어서 기분 좋게 얻어 마신 사건이었다. 이 사건은 내가 건넨 가벼운 인사 한마디에서 비롯되었다.

호젓하고 구불구불한 산길 임도를 따라 한 시간 가까이 조심조심 운전하여 형제봉에 도착했을 때, 다른 차 한 대가 보였다. 그 차의 창문은 모두 내려져 있었고 사람은 보이지 않았다.

내리쬐는 폭염 속에서 이글이글 타는 태양 아래 더 가까이 놓이는 산행을 어리석은 나 혼자만 하는 줄 알았더니, 누군가 나보다 먼저 와 있었다.

내가 차에서 내려 형제봉 입구에 들어서는 순간, 중년 여성과 맞닥뜨렸다. 아마 나의 자동차 엔진 소리를 듣고 살피러 내려온 듯했다. 이 땡볕에 이 높고 깊은 산중에서 그녀와 나는 단 두 사람이었다.

귀하게 마주친 낯선 사람과 인사 한마디 없이 지나치는 것은 어색할 것 같았다. 더구나 일행도 없이 혼자 산꼭대기를 찾아온 여성의 경계심을 풀어 주어야겠다는 생각이 들었다.

나는 미소를 지으며 낮은 음성으로 간결한 인사를 건넸다.

"안녕하세요!"

내가 먼저 인사하자 그녀도 경계심을 누그러뜨리며 안도하듯 부드럽게 대꾸했다.

"안녕하세요!"

나는 대화를 이어갔다.

"이런 날씨에 여기까지 혼자 올라오신 걸 보니 여행하는 분이 아니라 근처에 사시는 모양입니다."

"예! 근처에 삽니다."

"그런가요? 반갑습니다. 저도 근처 구례에서 왔습니다."

"저는 하동 먹점골에 삽니다. 20년쯤 되었습니다."

대화가 이쯤 이어지자 그녀도 나도 어느새 편한 상태가 되었다.

나는 전망대로 갔다. 저 아래 악양 들판이 옹기종기 마을을 품에 안고 평화로운 모습으로 내려다보였다. 맞은편 천왕봉은 구름을 둘러치고 슬그머니 숨었다. 웅장한 지리산맥 능선들도 구름에 가려져 있었다.

숨을 길게 한껏 들이마셨다. 지리산의 신묘한 정기가 내 안으로 스며들었다. 내 몸과 의식도 그 순간 지리산의 일부가 되었다.

다시 아무런 탈 없이 이곳에 찾아와 고요하게 놓이는 것 자체가 한없이 감사했다. 이것으로 충분했다. 나에게 멋진 또 하루 '퍼펙트 데이'가 펼쳐진 것이었다.

전망대에서 내려오는 길섶에 샛노란 원추리꽃 몇 송이가 강렬하게 눈에 들어왔다. 이름 없는 두 개의 무덤 앞에도 원추리꽃이 피어 있었다. 나는 형제봉에 올 때마다 이 무덤이야말로 세상에서 가장 좋은 명당자리라는 감탄에 사로잡히곤 했다. 어제도 그랬다.

내가 자동차로 되돌아왔을 때 아까 마주쳤던 그 여자가 다시 보였다. 이제는 낯선 사람이 아니었다. 나는 웃으며 다시 말을 건넸다.

"저는 글 쓰는 사람인데요. 책 한 권 선물로 드릴까요?"

"어머나! 저는 드릴 게 아무것도 없는데 … ."

내가 '사건'이라고 표현한 일이 이 순간 벌어졌다. 그 여자는 얼른 움직이더니 차를 마실 때 쓰는 단정한 네모 헝겊을 내 발밑에 다소곳이 깔았다.

그 헝겊에 차반을 올려놓고, 그 위에 찻잔을 정중하게 놓았다. 그리고 작은 주전자에 담긴 차 한 잔을 따랐다.

"저는 드릴 게 이것밖에 없어요. 호호호!"

"천만에요. 와아! 이런 곳에서 따끈한 차 한잔을 마시게 되다니 … . 이런 일은 처음입니다."

나는 그녀의 이름을 물어 책에 사인을 한 뒤 건네주면서 덧붙여 말했다.

"훗날 언제 다시 만날지, 이것으로 마지막일지는 알 수 없습니다만, 건강히 잘 지내시길 바랍니다."

나는 그녀의 연락처를 묻지 않았다. 그것이 훨씬 깔끔한 행동 같았기 때문이다. 차에 시동을 걸고 먼저 산길에 내려섰다. 그 여자는 잠시 목례를 하더니 곧바로 내 책을 펼치고 들여다보았다.

산길을 내려올 때 엔진 소리에 놀란 새들이 여기저기 푸드덕 날아올랐다. 앙증맞은 참다람쥐 한 마리가 잽싸게 차 앞을 가로질렀다.

굵은 독사 한 마리가 길섶에서 꾸물꾸물 달아나는 광경도 눈에 띄었다. 열린 차창 바깥에서는 계곡물 흐르는 소리가 크게 들렸다.

이 시간과 이 공간에서 나에게 펼쳐진 모든 순간들은 무엇일까? 내 안에서 말똥말똥한 이 의식이 나의 궁극적 전체일까?

나의 바깥과 안에서 포착되는 이 모든 것들을 합쳐 부르는 그 이름이 바로 '생명'일까?

'자각' 하나를 챙겨 산기슭 부춘^{富春} 마을을 지나 섬진강을 만나면서 나는 일상 속으로 다시 들어갔다.

천지운행 앞에 고개 숙이다

밤마다 더위에 시달리며 온전한 수면을 취하지 못하다가, 모처럼 잘 자고 개운하게 일어났다.

이 몸뚱이 하나 살아가는 일은 별것이 아니라 먹고 자고 움직이는 것에 지나지 않는다는 것쯤은 누구나 익히 아는 일이다.

전에 없던 폭염이 기승을 부리는 바람에 나를 포함하여 온 세상 사람들이 여름 내내 잠을 뒤척이고 바깥 활동에 제약을 받았다. 이를 통해 잠을 편히 자는 일과 마음껏 돌아다니는 일이 얼마나 소중한 것인지 잘 깨닫고 배웠기를 바랄 뿐이다.

마침내 가을에 들어서는 입추立秋 날이 불과 하루 지났을 뿐인데도 나는 오늘 아침 한 가지 변화에 놀라고 또 한 가지 바뀜에 감사했다.

내가 놀란 것은 몇 도 떨어진 기온 변화가 나를 탈 없이 잘 재운 천지운행이었다는 것이다.

나의 정상적 또는 비정상적 수면 상태를 천지신명이 관장하고 있다는 사실을 엄연하게 확실하게 느꼈다.

내가 감사한 것은 어제 종일 쑤셔서 괴로웠던 허벅다리 통증이 귀신 다녀간 것처럼 싹 가라앉은 것이었다.

산자락 아침 공기에 그새 가을의 선선한 기운이 스며든 것이 피부로 느껴졌다. 아침이 되도록 밤새 시끄럽게 울어대던 풀벌레 소리도 들리지 않아 조용했다.

가뜩이나 더운데 다리까지 바늘로 콕콕 찌르는 것처럼 쑤시는 바람에 혼자 끙끙거리고 투덜거렸던 통증도 사라지고 멀쩡했다.

이리하여 나의 몸과 마음에 성가시고 괴로웠던 상황이 밤사이 살 만한 쪽으로 바뀌었다. 살 만하다는 게 바로 이런 상태 변화를 의미한다는 걸 초등학생처럼 새로 배우게 되어 새삼 기뻤다.

하룻밤 사이에 '못 살겠다'가 '살 만하다'로 둔갑했으니 이 놀라운 선처를 누가 베풀었다는 말인가.

괴롭다고 힘들다고 불평불만에 가득 차 있던 인간의 간사한 마음이 평온하게 바뀌도록 누가 온정의 손길로 어루만진 것일까.

감탄스러운 천지운행 앞에 나는 옹졸하고 어리석은 몸뚱이 하나를 가지고 허우적거리고 있음을 일대 반전으로 깨닫게 되었다.

순천의 어느 공공도서관 복도 벽에 다음과 같은 글귀가 적혀 있었던 게 문득 생각난다. 〈심청전〉에 나오는 글이다.

이때의 심청이는 세상사를 하직하고 공선供船에 몸을 싣고 동서남
북 지향 없이 만경창파 높이 떠서 영원히 돌아가는구나. 도판渡板
떼고 행선行船을 하는데 망망한 창해滄海이며 탕탕한 물결이로구
나. 둥덩실 떠나간다.

세상사 온갖 괴로움을 다 떨쳐 버리고 심청이는 과연 어디로
가는 것일까.

미국의 자연인 국가대표 헨리 데이비드 소로Henry David Thoreau
는 그의 일기《영원한 여름 편》에서 다음과 같이 적어 놓았다.

우리는 날마다 야외로 나가 자연과 맺어져야 한다. 나는 입을 벌
리고 바람을 맞으며 건강을 들이마신다. 집에 머물러 있으면 가
벼운 정신이상 같은 증세가 생긴다. 이런 의미에서 모든 집은 일
종의 정신병원이다. 밖으로 나오는 순간 거의 잃어버렸던 정신을
얼마간 되찾았음을 깨닫는다.

죽어라 죽어라 했던 뜨거운 여름도 들판에 날아다니는 고추잠
자리의 날개에 실려서 어디론가 서서히 물러갔다.

천지운행에 따라 어느덧 당신과 나는 가을바람 앞에 입을 벌
리게 될 것이다.

경계선에 나를 풀어놓다

육지가 끝나고 바다가 시작되는 곳에 나를 데려갔다.

나의 조그만 두 발바닥을 떠받쳐 주는 땅이 멈추고 땅끝을 바다가 쓰다듬는 그곳은, 땅이 부드러운 가루가 되어 큰물과 섞이면서 땅이기도 하고 바다이기도 했다.

그곳은 국내 해변 중에 백사장 길이가 가장 긴 모래밭이었다. 12km! 30리 백사장 길이었다. 갔다가 되돌아오면 왕복 60리 길이었다.

나는 맨발로 천천히 그리고 마음이 그만두라 할 때까지 터벅터벅 사부작사부작 실컷 걸었다.

서둘러야 할 일은 아무것도 없었다. 땅과 물과 인간의 맨발이 조건 없이 하나가 되었다.

구분은 무의미했다. 구분해야 할 이유가 없었다.

그 시간 동안에 나는 그냥 '걷는 자'였다.

걸음을 옮길 때마다 나의 두 발을 내려다보았다. 지금 내 안에서 무엇이 두 발을 되풀이하여 움직이고 있는 것일까.

발이 걷는다고 한다면 합당하지 않았다. 발이 아닌 것이 걸었다. 하지만 두 발이 없다면 나는 '걷는 자'를 만나지 못했을 것이다. 두 발과 '걷는 자'가 한데 어우러져 합작하고 있다는 사실을 알아차렸다.

어느 여행자가 앞세운 개도 걷고 있었다. 저만치 떨어진 곳에서 갈매기들도 걷고 있었다. 몸뚱이가 아주 작은 것들 또한 기어서 걸었다.

걷고 있는 모든 것들의 머리 위에서 단 하나의 해가 강렬한 햇살에 알 수 없는 기운을 담아 내리쏘고 있었다. 하늘에서 보내는 기운을 백사장 위의 움직이는 것들과 움직이지 않는 나무와 풀이 거부하지 못하고 받아들이고 있었다.

늙었으나 몸이 아직 성한 아버지가, 젊었으나 몸이 불편한 아들의 팔을 붙들고 함께 걷는 모습도 보였다. 모터보트에 이끌려 파도를 가르는 서핑보드에 올라탄 젊은이가 신나게 달리며 오장육부에서 토해내는 고함을 질렀다.

바닷물은 햇살을 수없는 조각으로 튕겨내어 눈부시게 반짝거리면서 빛의 춤을 제 마음껏 추었다.

한참의 시간이 흐른 뒤 내 차를 세워 둔 곳으로 돌아왔다. 차문을 여는 순간 후끈한 열기가 느껴졌다. 갇혀 있던 열기는 기다렸다는 듯 차 밖으로 빠져나와 허공 어디론가 순식간에 달아났다.

운전석에 걸터앉아 에어컨을 켰다. 차 안 공기가 어느 정도 선선해질 때까지 기다렸다.

내가 찍은 풍경을 전송받은 어느 후배의 답장이 메신저에 떴다.

"형님! 저에게도 형님처럼 자유로운 날이 올까요?"

나는 다음과 같이 대꾸했다.

"너의 가장 큰 방해물은 너의 머릿속일 거야."

그리고 덧붙였다.

"중환자실 들어간 부자가 하는 일은 산소통에 의지해 숨쉬기!"

아까 바닷가로 향할 때 내내 바다 가까운 길을 달렸으나, 지리산으로 돌아갈 때는 내내 바다가 보이지 않는 내륙을 지나갔다. 이미 어두워졌기에 다른 길을 택했다.

산자락 구들방에 들어설 때, '걷는 자'도 그 바닷가에서 함께 돌아왔다.

'걷는 자'는 당신과 나를 떠난 적이 없다.

제자리에 잘 놓이다

밤새 더웠으나 시달리지 않고 잘 자고 이른 새벽에 깨었다. 몸은 개운했다. 기분은 잔잔했다. 감사한 일이었다. 여러 가지 덕분이었다.

첫 번째 덕분은 내가 혼자라는 것이었다. 나밖에 없으니 맨몸에 팬티 한 장만 걸쳤어도 신경 쓸 필요가 없었다.

두 번째 덕분은 밤새 저만치 머리 위에서 쉬지 않고 바람을 불어 준 작은 선풍기였다.

세 번째 덕분은 수건이었다. 수건은 배꼽을 가려 배탈이 없도록 보온을 해주는 훌륭한 이불이었다.

네 번째 덕분은 방충망이었다. 방충망 덕분에 구들방 앞뒤 두 개의 문을 활짝 열어 공기 순환이 잘 이루어졌다.

다섯 번째 덕분은 낮은 베개였다. 번뇌와 망상이 가득 들어찬 무거운 머리통을 베개에 눕히면, 베개는 머릿속 온갖 잡동사니들이 날뛰는 상태를 멈추어 쉬게 하면서 나의 몸과 마음을 달달한 잠의 나라로 데려갔다.

여섯 번째 덕분은 발치에 둔 방석이었다. 방석 위에 두 발을 올려놓으면 자세와 혈액순환이 편해지는 느낌이 들었다.

일곱 번째 덕분은 조탁爪啄이었다. 열 개의 손톱으로 머리통을 가볍게 두드리면 시원했다.

여덟 번째 덕분은 단전丹田호흡이었다. 두 팔을 한껏 머리 위로 곧게 뻗치고 두 다리를 가지런하게 내뻗으면서, 들숨이 배꼽 밑 단전까지 들어가는 느낌이 들도록 천천히 코로 들이마셨다가 입을 약간 벌려 천천히 숨을 내쉬는 동작을 두세 번 반복하면, 가슴속과 오장육부의 탁한 기운이 씻겨 나가는 게 느껴진다.

아홉 번째 덕분은 알아차림이었다. 단전호흡을 마친 뒤에도 여전히 숨 쉬는 상태는 계속된다. 이때 들숨과 날숨이 거칠게 헐떡이는지 아니면 고르게 편안한지를 그냥 있는 그대로 알아차리면서 지켜본다. 숨이 짧으면 짧은 그대로 알아차리고 숨이 길면 긴 그대로 알아차리기만 하면 그만이다.

열 번째 덕분은 짧은 염불이었다. 이 글을 읽는 당신이 혹시 불자佛子라면 '나무아미타불 관세음보살' 또는 '마하반야바라밀'을 몇 번 되풀이해 보라! 당신이 개신교 신자라면 '아멘'을 되풀이하면 될 것이다. 당신이 가톨릭 신자라면 내가 본 어느 수녀의 기도를 참고하기를 바란다.

"성령이여, 오소서! 성령이 저의 마음을 가득 채워 위로받게 하소서!"

당신이 종교를 믿지 않는 사람이어도 문제 될 것은 없다. 그냥 당신의 들숨과 날숨을 가만히 알아차리면서 지켜보면 될 것이다.

열한 번째 덕분은 지금까지 열거한 열 가지 도움을 받아 나의 몸과 마음이 저절로 '생각 너머'의 영역으로 들어서는 것이었다.

이렇게 하여 나는 조용하고 담백한 아침을 맞이했다.

맨 먼저 세탁기를 돌렸다. 마당에 나타난 길고양이 가족에게 먹이를 내다 주었다.

내 나름대로 아침상을 차렸다. 냉장고에서 단호박과 떡 한 조각을 꺼내 찜통에 넣었다. 후배가 챙겨 준 블루베리도 몇 숟가락 덜었다. 부담 없는 진수성찬이었다.

식사할 때 오래된 카세트 플레이어에 넣어 둔 티베트 관악기 연주 음악을 틀었다.

오늘 어느 고급 호텔 레스토랑에서 누군가 나처럼 아침을 먹을 테지만, 나의 아침식사는 그 누구도 부럽지 않다는 생각이 들었다. 식사를 마치니 뱃속은 무겁지 않아 좋았다.

단호박과 떡은 조금 남아서 마당에 내다 놓았다. 고양이와 새들, 그리고 개미들이 먹게 될 것이었다.

세탁한 빨래를 햇볕에 내다 널었다. 빨래에 관한 한 햇볕은 성가신 폭염이 아니라 고마운 건조기였다.

설거지를 마치고 머리끝에서 발끝까지 샤워를 했다.

그리고 책상 앞에 앉아서 이 글을 썼다. 글을 마치니 더 이상 해야 할 일은 없었다.

어제 지리산 청학동 근처 어느 산중 절에서 본 바위에 새겨진 글귀가 떠올랐다.

"행복은 원하는 것을 얻는 것이 아니라, 이미 가지고 있는 것을 깨닫는 것이다."

나는 가진 게 많아 감사하다.

내가 이미 가진 것 중에 열한 가지를 방금 당신에게 일러 주지 않았던가.

드러난 윤곽을 파헤치다

차를 몰고 세상을 다니고 다녀도 여전히 좁다는 결론에 이르렀다.

새 차를 사서 꼬박 6년을 채운 오늘 현재 마일리지는 38만 km를 훌쩍 넘어섰다. 큰 탈 없이 무사히 다녔으니 감사하고 다행스럽고 용하다.

하지만 나는 스스로 '여행가'라고 자처한 적은 단 한 번도 없었다. 그냥 내키는 대로 쏘다녔을 뿐이었다.

나를 가리켜 그냥 특별한 목적도 없이 '돌아다니는 사람'이라고 부른다면 그런대로 받아들일 만하다.

그런데 왜 그렇게 다니느냐고 묻는다면 간결한 한마디로 유구무언有口無言이다. 나도 그 이유를 모르는데 남이 알 턱은 없다.

나의 행로行路는 언제나 혼자였다.

몸이 다녔다기보다는 '마음의 행로'였다. 마음이 내키면 바로 대문을 나섰다. 다른 사람들이 깊은 잠에 빠져 있는 한밤중이라도 어디론가 떠나고 싶으면 나 자신에게 군말 없이 다른 조건을 달지 않고 나섰다. 나는 내 마음이 하자는 대로 했다.

길을 달릴 때 나는 살아 있음을 느꼈다.

살아 있음을 분명히 확인하고 싶었다. 내가 언젠가 틀림없이 죽을 것이기에 그전에 분명히 알고 싶었다.

나는 누구인지, 나는 무엇인지, 나는 왜 사는지!

어느 구도자가 다음과 같이 강조하는 것을 들었다.

"집착에 매달리지 않고, 무엇인가를 한다는 의도마저 녹아내려서 그냥 할 때 바로 그것이 바른 길이다. 한다는 의도가 담겨 있다면 매번 허탕이다."

사회생활에서 은퇴하고 지리산에 거처를 마련해 자연과 더불어 살아온 지 15년이 흘렀다. 은퇴 이후 나이가 들어가는 노년의 15년 세월은 결코 짧은 시간이라 할 수 없을 것이다.

이 녹록지 않은 세월 동안 내가 한 일은, 내 마음 한복판에 딱하나의 이정표를 세워 놓고서 그 이정표가 가리키는 화살표 방향으로 내달린 것이었다.

내 마음의 이정표에 나는 이렇게 써 놓았다.

"나는 무엇이며 무엇을 바라는가?"

나의 이야기를 듣고 있는 당신은 아마 이렇게 묻고 싶을 것이다.

'그래서 찾았느냐? 그래서 얻었느냐?'

나는 당신이 내게 묻는 질문을 글자 한 자 바꾸지 않고 그대로 당신에게 반사하듯 되묻는다. 당신은 찾았느냐고.

내가 굳이 대꾸하지 않는 이유는, 대답하는 순간 이미 벗어나기 때문이다. 삶에 관한 근본적 질문은 남에게 던지는 게 아니라 자기 자신에게 물어야 옳다. 남의 입을 쳐다볼 게 아니라 자신에게 물어야 마땅하다.

내 안에서 당신 안에서 질문하는 그자는 과연 누구이며 무엇인가?

나의 지리산 15년은 나를 찾아 하염없이 떠난 여행이었다.

나의 이야기는 당신의 이야기다. 당신의 이야기도 나의 이야기다.

당신과 나는 서로 다를 게 없다.

내가 이 책의 첫 페이지부터 지금까지 써 내려온 모든 글은, 나에게는 이미 지나가 버린 과거의 일이다. 나 자신으로서는 그것들을 다시는 만날 수 없다. 다만 그것들은 날이 밝으면 나에게 또 새롭게 주어질, 새롭게 맞이할 새로운 현재의 뒷면에 형체 없이 묻어 있을 것이다.

그것들은 나에게는 돌이킬 수 없고 되돌아갈 수 없지만, 당신에게는 싱싱한 샘물이 될지도 모른다. 나의 인생길에서 마주친 당신에게 고개 숙여 감사드린다. 당신이 있어서 나의 길은 외롭지 않았다.

날이 밝으면 나는 읍내 정비소에 가야 한다. 어제 저녁 자동차 계기판에 경고등이 떴다. 네 개의 타이어를 모두 교체한 지 얼마 되지 않았는데 왼쪽 뒤 타이어 공기압이 저압이라고 표시했다.

저번처럼 또 조그만 쇠못 같은 게 박힌 것일까. 아무튼 살펴보아야 할 일이 생겼다. 바람이 빠졌다면 새 바람을 불어넣어야 할 것이다. 내 마음도 가끔 그렇긴 하다.

날마다 소소한 일들이 나의 하루를 만들어 간다.

삶이 자작나무가 되다

그의 지인들 중에서 나는 그가 그토록 정성을 다해 가꾸어온 그 숲에 아마 가장 많이 찾아간 편이었을 것이다.

그와 나는 책을 펴내는 일로 인연을 맺은 후 10년에 걸쳐 7권의 책을 함께 만들어 세상에 내놓았다. 나는 저자였고 그는 출판사 대표였다.

그의 삶은 두 개의 큰 바퀴로 굴러가는 수레와 같았다.

그의 사회적 얼굴은 책을 만드는 출판인이었다. 그의 개인적 모습은 자나 깨나 오로지 숲을 가꾸고 나무를 심어 돌보는 일이 대부분이었다.

그가 가진 두 개의 면모 중에 사실상 그의 머리와 가슴속이 온통 숲과 나무로 가득 차 있다는 걸 느끼고 이해하게 되면서, 내가 그를 바라보는 시선도 언제부턴가 초점이 달라졌다.

그의 삶은 한마디로 나무 가꾸기였다. 그러면서 그는 세월이 흐를수록 나무를 닮아갔다. 그의 겉모습은 동적動的이지만 그의 내면은 나무처럼 정적靜的이다. 온통 나무처럼 숲처럼 바뀌어 가는 그의 내면이 마침내 넘쳐흘러서 내게로 전해졌다.

어느 날 그의 숲으로 또 불쑥 찾아간 나를 그는 흔쾌히 반겼다. 그리고 나를 옆에 태우고는 숲 위쪽에 새로 심은 어린 자작나무 10만 그루를 보러 가자고 했다.

나를 대하는 그의 행동에서 그가 나를 각별하게 맞이한다는 걸 금방 느꼈다. 그는 지리산의 자연과 더불어 사는 내가 나무와 숲을 다른 사람들에 비해 한층 친밀하게 받아들일 것이라고 믿는 모양이었다. 자작나무들을 좀 더 자상히 보여 주고 싶은 방문객이라는 걸 알고 있는 듯이 나를 대했다.

숲 위쪽 길은 차 한 대가 겨우 지나갈 수 있을 만큼 좁고 가파른 비포장 흙길이었다. 비라도 내리면 다니기 고약한 진창이 되고 마는 산길이었다. 그날 비는 오지 않았지만 흙과 모래와 잔돌이 뒤섞인 그 길은 만만치 않았다. 더구나 길은 구불구불 휘어 있었다. 차가 올라채는 도중에 자주 바퀴가 헛돌면서 뒤뚱거렸다.

훗날 나 혼자 그 숲에 다시 오르려다가 바퀴가 빠져 헛도는 바람에 겨우 벗어난 일이 생각났다. 그 길을 다닐 수 있는 건 그 양반과 작업 트럭뿐이었다.

긴장감을 겨우 풀 만한 어느 지점에서 그가 차를 멈추고는 나에게 빙긋이 웃으며 물었다.

"어이! 당신 눈에 자작나무가 보여?"

그가 가리킨 건너편 산자락에서 내 눈에는 웃자란 풀들만 보였다. 도대체 뭘 보라는 것인지 어느 게 자작나무인지 전혀 식별되지 않았다.

"예? 지금 자작나무가 눈앞에 있다구요? 내 눈엔 풀밖에 안 보이는데 … ."

그는 껄껄 웃더니 말했다.

"잘 봐! 저기 작은 신우대 보이지? 그 신우대에 묶어 놓은 게 바로 새로 심은 자작나무 5만 그루일세."

설명을 듣고 자세히 바라보니 신우대는 겨우 눈에 들어왔다.

"아아! 신우대는 보입니다. 근데 그냥 풀인데요?"

"하하하! 그게 자작나무 어린 모종이야! 싹을 틔운 직후엔 풀과 똑같이 생겨서 다른 잡초들과 구별이 어렵거든. 애써 심었는데 잡초 제거하려다가 모종까지 없애 버릴까 봐 일일이 한 포기, 한 포기마다 신우대를 받쳐 지탱하고 구별하도록 작업한 걸세."

신우대라면 나도 꼬마 시절에 한쪽 끝에 못을 꽂아 넣고 꽁꽁 동여매서 개구리 잡는 화살로 사용했던 추억이 있다. 나에게는 인생 초창기에 처음 만나 알게 된 대나무를 닮은 식물이었다.

하지만 자작나무는 중학교 시절에 단체 관람했던 영화 〈닥터 지바고〉의 명장면 속에 등장하는 러시아의 울창한 자작나무숲이 강렬하게 각인되어, 창백한 하얀 껍질과 하늘을 향해 곧게 뻗은 키 큰 나무로만 알고 지냈다. 70살이 넘은 오늘에야 자작나무의 어린 시절이 풀과 똑같다는 걸 새로 알게 되었으니, 이 목격은 나에게 매우 신선한 충격이었다.

그리고 깨달았다. 저토록 여린 풀 한 포기가 온갖 비바람 눈보라에 그대로 노출된 채, 뭐라고 함부로 말할 수 없는 인고忍苦의 시간을 겪으며 당당하게 우뚝 선 자작나무 성목成木이 되다니!

나의 인생길도 자작나무와 같다는 것을 매우 인상 깊게 배우게 된 것이었다.

또한 깨우쳤다. 다른 인생이 살아가는 모습에 별로 관심이 없는 사람들의 눈에는 한낱 미친 중노동 같은 '자작나무 돌보기'가, 이 선배에게는 왜 삶의 전부가 되었을까 하는 헤아림이 강하게 솟구쳤다.

누가 시키는 일도 아니고, 살아갈 날이 넉넉하게 남아 있지도 않은 마당에 나중에 짭짤한 수입을 꾀하려는 마음은 아닐 것이다. 그냥 살아 있을 때까지 삶이 허락할 때까지 숨이 주어져 있는 동안에 누가 보든 말든 알든 모르든 묵묵히 자작나무와 하나가 되어 지내는 그의 자세와 모습에, 나는 마음이 숙연해졌다. 저절로 고개가 수그려졌다.

자작나무의 일생이 놀라웠다. 자작나무에 모든 열정을 남김없이 아낌없이 쏟아붓는 그의 자세가 놀라웠다.

그를 바라보면서 그의 엄청난 수고로움과 오로지 '나무와 함께 살아가는 외길'을 인생의 마무리로 선택한 그의 심정을 갈수록 더 깊게 인식하게 되었다. 그것은 그와 나 사이의 인연이 예사롭지 않다는 점을 깨닫게 해 주었다.

그는 숲 위쪽 어느 소나무 아래에 멀리 남도 장흥 땅 선산에서 모셔온 그의 부모님 유해를 다시 정성을 다해 안장해 드렸다.

그리고 그 자신도 어느 날 나무 밑에서 조용히 생을 마치어 이 숲에 누웠으면 더 이상 바랄 게 없다고 마지막 버킷리스트를 조곤조곤 낮은 음성으로 전해 주었다.

나는 자작나무가 자라고 있는 그 숲에서 그와 단둘이 마주했던 어느 날 그의 절절한 유언을 듣게 된 그의 인생길 동행자였다.

나보다 다섯 살 위인 그의 내면은 내가 느끼기에는 자작나무 어린 모종이나 다름없다고, 그렇게 늘 초록빛이라고 나는 인증할 수 있다.

그는 나의 인생길에서 만나 가장 깊은 인연을 맺은 몇 손가락 안에 꼽을 만한 도반道伴이다. 그와 내가 왜 이렇게 되었는지 나로서는 알 길이 없다.

나남출판사를 이끌어 가는 그의 이름 석 자는 '조상호'이다.

나는 그와 함께 그리고 자작나무와 함께 책 속에 숲속에 영원히 남고 싶어서 이 글로 이 책의 마지막을 삼는다.

지리산 인생길의 일곱 번째 사색

살면서 가장
아름다운 자리

구영회(전 삼척MBC 사장)

험난한 인생에서 가장 평화로운 자리는 어디일까? 이 책은 우리의 소중한 일상을 되찾아 순조로운 인생길을 걷는 지혜를 전한다. 작가는 광활한 대자연이 펼쳐진 지리산으로 독자들을 초대하여 각자 자신의 아름다운 자리를 찾아 내면의 평화를 이루도록 이끌어 준다.

46판·양장본·올컬러 | 264면 | 16,500원

지리산 인생길의 여섯 번째 사색

가장 큰 기적
별일 없는 하루

구영회(전 삼척MBC 사장)

기나긴 코로나의 터널 속에서 지친 영혼들에게 용기와 희망의 메시지를 전하며, 평범한 하루 속에서 기적과 같은 평화와 행복을 찾는 여정을 담았다. 작가의 기분 좋은 여행길을 따라가다 보면 우리가 무심히 흘려보낸 보통의 날들이 얼마나 소중한지, 깨닫게 된다.

46판·양장본·올컬러 | 240면 | 14,800원

다섯 번째 지리산 명상

가끔은 고독할 필요가 있다

구영회 (전 삼척MBC 사장)

어지러운 도시의 리듬에 지친 현대인에게 가장 고요한 곳, 지리산에서 발견한 고독의 미학을 담담하고 섬세한 문체로 전한다. 숲 나무들 틈새로 내리꽂는 한줄기 햇살, 돌 벤치에 앉아 가만히 눈을 감을 때 느껴지는 부드러운 바람. 마음의 평화는 '고독'이란 나룻배를 타고 혼자 노를 저어갈 때 슬며시 건네지는 최상의 선물이다.

46판·양장본·올컬러 | 252면 | 14,800원

지리산 인생의 네 번째 통신

작은 것들의 행복

구영회 (전 삼척MBC 사장)

'작지만 확실한 행복'을 추구하는 시대에 산골살이에서 찾은 진정한 행복의 비밀. 하늘과 가까운 곳, 지리산에서 자연을 닮은 소박한 사람들과 지내며 깨달은 일상에 대한 사랑, 만남과 나눔의 기쁨, 영혼의 안식을 잔잔하고 감성적인 문체로 펼친다.

46판·양장본·올컬러 | 236면 | 13,800원

허송세월

김훈 산문

'생활의 정서'를 파고드는
김훈의 산문 미학

생사의 경계를 헤매고 돌아온 경험담, 전쟁의 야만성을 생활 속의 유머로 승화해 낸 도구에 얽힌 기억, 난세에서도 찬란했던 역사의 청춘들, 인간 정서의 밑바닥에 고인 온갖 냄새에 이르기까지, 늘 치열하고 치밀했던 작가 김훈의 '허송세월'을 담은 45편의 글이 실렸다.

신국판 변형 | 336쪽 | 18,000원

아침 산책

김용택 에세이

섬진강 시인이 그러모은 사계절 순정

평범한 일상 속 빛나는 장면을 건져 올리는 서정 시인 김용택의 신작 산문. 봄에서 겨울로, 다시 봄으로 이어지는 사계절 순환을 천진한 눈길로 바라보는 시인의 시선이 담박하고 정겹다.

신국판 변형 | 260쪽 | 16,800원